JN243084

10分で読めるお話 4年生

［選者］
日本児童文学者協会元会長
木暮正夫
日本児童文芸家協会元理事長
岡 信子

Gakken

もくじ

10分で読めるお話 4年生

お話を読む前に

日本児童文学者協会元会長
木暮正夫

この本には、四年生のみなさんにぜひ読んでほしい、日本と外国のさまざまなタイプのすぐれた十編のお話と、二編の詩がおさめられています。いずれも、みなさんの興味や関心にかなうだけでなく、「一話が十分間くらいで読める長さ」であることも、作品を選ぶにあたってのきじゅんにしました。

読書は、おもしろい物語に出会うよろこびに加え、知識を広げ、物事を深く考える力を養ってくれます。そこでこの本は、みなさんの読書力をさらにのばしてほしいと願って、古典として名高いお話から現代の作家の作品も入れ、読書の楽しさが十分味わえるよう、作品のならべ方にも工夫したつもりです。

読書は心を育ててくれる「心の食べもの」。読めば読んだだけ、みずみずしくゆたかな心をつくってくれます。読み方に決まりはありません。自由に読んで、友だちや家の人たちや先生とも、作品について話し合ってみてください。

息をのみ、手にあせにぎる、サーカスでの出来事。

ライオンと子犬

作・山本有三

絵・井江　栄

これは、もう、かなり前のことですが、ロンドンに、動物のサーカスがやってきたときの話です。

このサーカスは、たいへんひょうばんが良かったので、毎日、おおぜいの見物人がつめかけました。むろん、見たい者は、入場料をはらいさえすれば、良いのですが、しかし、そのころは、お金を出さなくっても、――たとえば、いわしとか、馬肉とか、動物のえさになるようなものを持っていけば、それでも、見ることができたのです。

ある男が、道ばたに遊んでいた子犬を拾いあげ、それをサーカスに持っていきました。その男が入場をゆるされたことは言うまでもありません。

舞台では、ちょうどライオンの芸が終わったところです。かわのジャンパー、かわの長ぐつに身を固めたもうじゅう使いは、しなったむちを横にして、軽く両手でおさえながら、気どったしせいで、お客にお礼の言葉をのべていました。

そこへ、小屋の者が、子犬をかかえて、舞台に上がってきました。さっきの子犬です。子犬は、なんにも知らないので、おとなしくしています。

小屋の者は、その子犬をもうじゅう使いにわたしながら、なにかささやきました。

もうじゅう使いは、かれのむちを、ヒュッと鳴らしました。

「ええ、退場しようとしておりましたところへ、ただいま、これなる動物が運ばれてまいりました。」

かれは、子犬の首を指の先でつまんで、高くつるしあげました。子犬は急につるしあげられたので、「ヒー」と、悲しそうな声をたてました。

「静かにするんだ。」

もうじゅう使いは、犬の頭を手でおさえました。

「この子犬は、お客様がお持ちくださったものです。たぶん、ご見物のみな様のおなぐさみにそなえてくれ、というお考えのように

CIRCUS
SAKAE IE

思われます。ところで、今日は、ライオンがたいそう上手に芸をいたしましたから、もし、みな様のおゆるしがえられますならば、ごほうびとして、これをライオンに投げてやりたいとぞんじますが、いかがなものでございましょう。」

もうじゅう使いがこう言うと、さかんなはく手が起こりました。なかには、口笛を鳴らす者もありました。

「おゆるしをいただきまして、ありがとうぞんじます。それでは、さっそく、ライオンに*進上することにいたします。」

子犬は、首のところをつかまえられているので、苦しそうにあしをぶらさげていました。もう「ヒー」とも、「キャン」とも鳴きません。

もうじゅう使いは、子犬をさげたまま、舞台の中央にすえてある、

*進上…ものをおくること。差しあげること。

大きなおりの前に行きました。そして、自分の子どもにでも話すような口調で、ライオンに話しかけました。

「ピーターや。今日は、たいへん良く働いてくれたね。お客様から、ごほうびが出ましたよ。これ、こんないいごほうびだ。生きているんだから特別おいしいぜ。今、投げてやるからね。決してえんりょすることはないよ。お客さんの前だって、かまやしない。むしゃむしゃって、やっちまうんだよ。お客さんはね、おまえさんの食事のしかたが見たいっておっしゃるんだ。いいかい。」

かれは、そう言いながら、おりの戸を少し開いて、生きた子犬を、ポーンと中に放りこみました。

そのしゅんかん、今までざわめいていた見物席が、急に、しいんとなってしまいました。

子犬をライオンに食べさせる！　そこには、なんともいえないスリルがあります。見物人は、さっきは、わけもなくよろこびましたが、しかし、現実に、生きものが投げこまれたのを見ると、さすがに、どきんとしたようです。

投げこまれた子犬は、死んだようになっていました。小さいからだを、いっそう、小さくして、――しっぽまで丸めてしまって、おりのすみに、ゴムまりのように、転がっていました。

ライオンは、芸がすんでから、両あしを投げだして、ねそべっていましたが、子犬が投げこまれたときにも、それほど特別な表情はしませんでした。ただ、首を少しばかり上げて、ちらっと、小さい動物の方に、目をやっただけでした。さすがに、百じゅうの王といわれるだけあって、ほかの動物のように、がつがつしたところがありません。もっとも、もうじゅうというものは、自分のとらえた動物が、もうにげだせないことを知ると、半ごろしのままにしておいて、すぐには、食べてしまわない。しばらくの間は、たおした動物の前で、自分の勝利感を満足させ、そのうえで、ゆっくり楽しみながら食べるものだということもあるので、この場合も、ライオンは、そういったよろこびにひたっているのかもしれません。

ライオンが、ガッと飛びかかってしまえば、もう、おしまいです。しかし、起きあがりもしなければ、飛びだしもしない、ちょっと首をもたげただけで、じいっとしたままでいる、このライオンの態度は、なんともいえず、不気味なものでした。

今、やられるか！

今、かみころされるか！

見物人は手をにぎりしめたまま、見つめていました。にぎりしめていたこぶしが、かすかにふるえています。

やるもんなら、早くやっちまってくれ！

見物人は、もう見ているのがたまらなくなりました。

舞台の方から、すうっと、冷たい風がふいてきました。

そのとき、ライオンが、ぬっと立ちあがりました。

見物人は、また、急に、ぎくっとしました。

立ちあがったライオンは、おりのすみにちぢこまっている子犬のそばに行きました。そして、鼻を近づけて、においをかぎはじめました。

においをかいだあと、ライオンは、ぱくりとやるのだろうか。

ヒーッという、子犬の悲鳴が、今にも聞こえてくるような、気配です。見物人は、*かたずをのみました。

　しかし、ライオンは飛びかかりません。鼻の先で、小さい動物をなでているように見えます。いつまで、においをかいでいるのでしょう。

　そのうちに、子犬のちぢこめていたしっぽが、少しずつ動きだしました。しっぽが動きだしたなと思っていると、今度は、子犬が、急に、くるりと、あお向けになりました。あお向けになって、両あしを上げ、しっぽを前よりも大きくふりました。おそろしい動物がそばにいるのに、これはまた、なんということでしょう。それとも、これが、「こう参しました」という表情なのでしょうか。

　ライオンは、あお向けになっている子犬を、しばらく見ていましたが、やがて、前あしで、小さい動物のからだに、軽くさわりました。子犬は、バネじかけの動物のおもちゃのように、また、くるりと起きあがりました。起きあがって、ちんちんでもするように、ライオンの前に、あとあしで立ちあがりました。

それは、じつに、こっけいな形でした。こっけいと同時に、あわれむべきすがたでもありました。しかし、だれ、一人、笑う者もありません。あまりにきんちょうした場面だったので、この小さい動物のおかしな動作が、おかしいというよりは、いじらしく見えたからです。

ライオンは、ゆるく首をふりながら、子犬の動作をながめていました。けれども、それ以上、べつにどうしようとするようすもありませんでした。

きんちょうがひとりでにゆるみ、見物席の中から、ため息ににた

＊かたずをのむ…どうなることかと息を止めるようにしてじっとなりゆきを見守るようす。

ものが流れました。それは、むごたらしい場面を見ないでよかった と、いう気持ちもありましたろうし、それが見られないので、がっかりした、という意味も、ふくまれていたかもしれません。

しかし、こまったのは、もうじゅう使いです。これでは、引っこみがつきません。「さあ、えんりょなくむしゃむしゃやるんだよ」なんて言っておいたのに、ライオンは、いちばんかんじんなことをやってくれなかったからです。もちろん、かれは、もうじゅう使いとして、おりの外から、ずいぶん、けしかけたのですが、きょうは、どうしたのか、ライオンが、かれの言うとおりに動かなかったのです。

もうじゅう使いは合図をして、*楽屋から、馬肉の大きなかたまりを持ってこさせました。かれは、それをあたえることによって、ライオンに、ライオンの本性をよみがえらせよう、と考えたのです。

血をしたたる肉をやったら、それに味をしめて、ライオンは、きっと子犬に飛びかかるにちがいない。そうすれば、お客さんにも満足があたえられるし、このよきょうの、しめくくりも、つけられると思ったのです。

商売熱心なもうじゅう使いは、まず、鉄のこうしの間から、むちを入れて、ライオンをじらし、ライオンの野性を、できるだけ、かりたてるように努めました。そうして、ライオンの気をいらだたせておいてから、かれは、真っ赤な馬肉を、おりの中に放りこみました。

ライオンは、すぐに馬肉に飛びつきました。それはほね付きの、かなり大きな肉でした。が、ライオンは、それをまず、二つに引きちぎりました。そして、ほねの付いていないほうの肉を、さらに小

＊楽屋…舞台のうら側にある、したくや休けいをする部屋。＊よきょう…多くの人が集まるときに、おもしろさをますために行うもよおし。

さくかみ切って、子犬の前へ、ポーンと放りました。

子犬はびっくりして、ライオンの方を見ました。

しかし、ライオンは、子犬にはかまわず、ほね付きの肉に、かぶりつきました。

ライオンが食べだしたのを見ると、子犬もしっぽをふりながら、自分にあたえられた肉を食べはじめました。食べながら、子犬はちょこんと頭を上げては、ライオンの方をのぞきこみます。のぞいてみては、また、急いでがつがつと肉を食べます。ライオンの方も、ガリッとほねをかみくだきながら、ときどき横目で子犬を見ています。それは、まるで、親子のようでした。

もうじゅうと家ちくの子ども、まったくちがった二ひきの動物が、同じおりの中で、一ぺんの肉を分けあって、食べている。これは、いったい、なんとしたことでしょう。

もうじゅう使いはあっけにとられました。これでは、せっかくのもうじゅうがもうじゅうになりません。かれは、なんとかして、ライオンの、ものすごいところを見物に見せたいとあせりました。

とつぜん、見物席のかたすみから、はく手が起こりました。もうじゅう使いは、面くらいました。なんのはく手だか、わからなかったからです。

ところが、そのはく手がきっかけとなって、あちらからも、こちらからもはく手が起こり、場内は、あらしのようなはく手で包まれました。それを聞いたとき、もうじゅう使いは、はっとむねをつかれました。かれは、すぐ身じまいをとりなおし、ていねいにおじぎをしながら、見物に言いました。


*家ちく…牛、馬、ぶた、犬など、人のくらしに役立てるためにかわれている動物。

「みなさん。ありがとうございます。ありがとうございます。みなさんの力強いはく手は、わたくしの心の底までひびいてきます。わたくしが、みなさんをよろこばせようとしたことは、もののみごとに失敗しました。しかし、わたくしの*夢想もしなかったことが、みなさんをよろこばせています。わたくしは、こんなうれしいことはありません。」

*夢想…あれこれと、とりとめのないことを思いうかべること。

山本有三（やまもとゆうぞう） 一八八七年栃木県に生まれる。大正・昭和時代の小説家・劇作家。小説に『生きとし生けるもの』『真実一路』『路傍の石』、戯曲に『嬰児殺し』『同志の人々』などがある。一九七四年没。

出典：『心に太陽を持て』所収　新潮社　1956年

おそろしい野犬たちと、子を守るきつね夫婦のちえくらべ。

絵・山西ゲンイチ

一

林の中は、月の光と、もののかげとが、入りまじってゆれていました。

そのかげからかげを伝って、一ぴきの動物が、すべるように走っていました。

それは、大きな母ぎつねでした。

母ぎつねは、うさぎを口にくわえていました。うさぎは、まだ生きていました。くわえられたままで、後ろあしを動かしてもがいていました。

きつねの子どもたちは、四ひきいましたが、もう、ぼつぼつ、えもののとり方を教えなければならぬころになっていました。

きつねたちは、生きたままで、小さい動物たちを運んでいって、子どもたちに、えもののとり方を教えるのでした。

きつねの子どもたちの待っているすあなは、もう、すぐ近くでした。そのあなは、かしの木の根元の、岩と岩との間にありました。そこは、目の前のくぬぎ林をつっきったところです。

大急ぎで、くぬぎ林にとびこんだ母ぎつねは、走るあしをぴたっと止めるのでした。

いやなにおいがしてきたからです。

きつねは、用心深いけだものです。どんなに急いでいるときでも、あやしい音や、あやしいにおいに気づくとぴたっとふせて、あたりのようすをうかがうのです。

そのにおいは、野犬のにおいでした。くぬぎ林の向こうから、におってくるのでした。

野犬は、動物たちにとっては、いちばんおそろしいてきでした。夜だろうと、昼だろうと、森や林の中をうろつきまわり、えものを見つけると、群れをつくっておそいかかるのです。相手のえものが、へとへとになって動けなくなるまで、何時間でも、何日でも、追いまわすのです。

その野犬のにおいが、子どもたちのいる林の向こうから、におってきたのです。

これは、もう、ぐずぐずしてはいられません。大急ぎで走りだしました。

くぬぎ林の、はしまでやってきました。

と、そこに、父ぎつねがいました。首の毛を逆立てきばをむきだして、のどのおくで、うなり声を上げながら、前の方をじっと、にらみつけていました。

母ぎつねも、前の方をすかしてみました。母ぎつねの心配していたとおりのことが、起こっていました。

岩と岩のすき間にできたあなの周りを、七ひきの犬は、ぐるりと取りまいて、ワンワン鳴きたてたり、岩をガリガリと、ひっかいたりしているのです。

野犬たちのほえたてる声の、合間あいまに、クィーン、クィーンという悲しげな声が聞こえてきます。おびえきった子ぎつねたちが、助けを求めているのです。子ぎつねたちは、あなのおくで、ひとかたまりになってぶるぶるふるえながら、親ぎつねの助けを待っているのでしょう。

野犬たちは、ずるいけだものです。子ぎつねたちが、おびえきり、おなかをすっかりへらし、どうにもがまんできなくなって、あなから顔をつきだしたところを、がぶりとやろうと、考えているようでした。いつまでも、待ちかまえていて、とっつかまえてやろうとしているようでした。

ほんとうに、たいへんなことになってしまいました。

二

母ぎつねは、くわえていたうさぎを投げすてると、きばをむきだして、低い声でうなりました。それから、落ち葉の上にぴたっと、からだをふせると、かげからかげを伝って、野犬の方に近づきました。

父ぎつねも、やはり、同じような動作で、じりっ、じりっと進んでいきます。

落ち葉の上を進んでいくのですが、音ひとつたてません。

野犬たちから、十メートルのあたりまで近よったとき、親ぎつねたちは、不思議なことを始めました。

とつぜん、うなり声を上げると、ぴょーんと高くとびあがったのです。はっきりと、野犬たちに、そのすがたが見えるように、高くとびあがったのです。

七ひきの野犬たちは、親ぎつねたちを、じっとにらみつけました。二ひきの親ぎつねは、はねとんだり、転（ころ）げまわったりして、うなり声をたてているのです。ひどいきずでもして、苦（くる）しんで、もがいているように見えました。

「しめしめ。いいえものがいたぞ。まず、こいつから先に食べてしまえ。」

と考えて、親ぎつね目がけて、どっと、おそいかかりました。

すると、親ぎつねたちは、ぱっとはねおきると、ふた手に分（わ）かれてにげだしました。

野犬たちは、にげるものへ、むちゃくちゃに、おそいかかるせいしつを持（も）っています。犬たちも、ふた手に分（わ）かれて、そのあとを追（お）

いました。ワンワンワンと、鳴きたてながら、まっしぐらに、親ぎつねのあとを追いました。

親ぎつねたちは、林をぬけ、森をこえ、谷を横切って、どんどんにげだしました。

にがしてなるものかと、野犬たちは大声でわめきたてながら、どこまでもどこまでも、追っかけてきました。

親ぎつねたちは、二時間もかけまわって、野犬たちをあなから遠く、引きはなしました。もう、このあたりでよいと思ったのか、にわかに速力を出して、犬たちを引きはなしながら、小さな谷川に出ました。

その川っぷちのあさせを歩いて、ずっと上流に出て、そこで川を横切りました。向こう岸にわたっても、すぐすな地を歩かず、さら

に、あさせを歩いてから、林の中に入りこみました。

きつねは、りこうな生きものです。

こうして、あしあとのにおいを消して、あとを追いかけてくる野犬たちを、まごつかせようとしたのです。森や林の中を、さんざん、ほっつき歩かせて、時間をかせごうとしたのです。

それから、まっすぐに、子どもたちのいるあなに向かってかけだしました。

あなの近くの、大きなかしの木のところで、父ぎつねと母ぎつねは、落ちあいました。

二ひきのきつねは、顔を近づけて、鼻と鼻とをおしつけて、かぎあいました。それは、うまく野犬たちをまいてしまったことを、よろこびあうしぐさでした。

親ぎつねたちは、のどのおくで、ゴロゴロとやさしいうなり声をたてて、あなの中に入っていきました。

ひとかたまりになって、ふるえていた子ぎつねたちは親ぎつねのすがたを見、ゴロゴロというやさしい声を聞くと、元気を取りもどしました。親ぎつねにとびついたり、あしにまつわりついたりして、ごろごろのどを鳴らしました。それは、おそろしかったことを、親ぎつねたちにほうこくでもしているように見えました。

しばらく、子ぎつねたちは、あまえついていましたが、やがて、おなかの空いていることを思いだしました。四ひきの子ぎつねたちは、前あしを立ててちょこんとすわると、やかましく鳴きたてました。

「なぜ、食べものを持ってこなかったか。」

と、せめるように、鳴きたてるのでした。

三

「このあなで、ぐずぐずしているわけにはいかない。」

と、親ぎつねは思いました。

野犬たちは、一度、えものを見つけたら、決して、あきらめることを知らないやつどもです。やがて、またここにもどってくるにちがいありません。できるだけ早く、このあなを出ていかなければなりません。

あまえつく子ぎつねたちを、しかりつけしかりつけ、あなの外に出ました。四ひきの子ぎつねは、生まれて初めて、外に出たのです。生まれて初めて、林の中を歩くのです。

はじめは、ぶつぶつ言って、すわりこんだり、立ちどまったりしていましたが、そのうちに、周りのようすに興味を持ちだしました。うさぎのあしあとがあれば、そのにおいをかぎまわり、ねずみが走っていけば、そのあとを追っかけたり、思いおもいに勝手なことをやるのです。まるで、遠足にでもやってきたつもりです。

こういう子ぎつねたちを連れて、急ぎの旅をするということは、たいへんなことです。

きつねの一家は、林をこえ、小川をわたり、山のみねをこえて、歩いていきました。どこかに、安心してすむことのできる、よい場所はないかと、あてどのない旅を続けていきました。夜明け方まで歩きました。

子ぎつねたちは、へとへとに、つかれてしまいました。子ぎつねたちは、落ち葉の上にすわりこんで、動こうともしないのです。どんなこしかりつけても、悲しそうな声を出して鳴き声を上げるだけで、立ちあがろうともしないのです。こまったことになってしまいました。

そのとき、父ぎつねが、あなぐまの作ったあなを見つけました。親ぎつねたちは、あなを調べてみることにしました。

あなは、てきにおそわれても、にげられるように、ぬけ道が、三つも作ってありました。これは、前にすんでいたあなよりも、もっと良いあなでした。一つのぬけ道は、がけの中腹にぬけていました。そこから、首を出してみると、谷間にある小さな部落が見えました。

その部落の農家のまどから、消しわすれた明かりでしょうか、二つ三つ、金色に光って見えました。

親ぎつねたちは、このあなを、自分たち一家のもののすみかにすることにしました。

子ぎつねだけではありません。親ぎつねたちも、たいそうつかれていました。けれど、きのうから、子ぎつねたちは、なにも食べていません。それで、親ぎつねたちは、食べものをさがしに、がけを下りていきました。

林を横切ると、田と畑が、入りまじって続いていました。ねずみや、かえるのにおいが、一面にしているのです。ねずみもかえるも、きつねの好きな食べものです。

親ぎつねたちは、大よろこびです。何回も、行ったり来たりして、子ぎつねたちが、はらいっぱいになるまで、ねずみを運びました。

その後、部落の田と畑とは、きつね一家のえさ場となりました。

夜になると、毎ばん、親ぎつねは、ここに下りてきて、子ぎつねたちに、えものをとることを教えました。そして、思いのままにねずみとかえるのごちそうを食べるのでした。

だから、この部落の田のあぜや畑の中には、親子のきつねのあしあとが、いたるところについているのでした。

四

食べものは、じゅうぶんあるし、四ひきの子ぎつねたちは、すくすくと育っていくし、親ぎつねたちは、ほんとうに幸せな日々をすごしていました。

秋もすぎ、冬がやってきました。山里の部落には、雪がふりはじめました。けれども、きつねたちは、えさにはこまりませんでした。

南向きのおかや畑の土手には、数えきれないほどのねずみのあながあったからです。

きつね一家にとっては、谷間の部落（ぶらく）は、牧場（まきば）のようなものでした。

ところが、雪がふるようになってから、やっかいなやつが、この部落（ぶらく）に、目をつけるようになったのです。

それは、あの七ひきの野犬の群（む）れでした。

山手の森や林に、深（ふか）ぶかと雪が積（つ）もって、かりが思うようにできなくなってきたので、野犬たちは、この部落（ぶらく）に目をつけたのです。

野犬の群（む）れをひきいる、しかめっつらとよばれる、ひときわ大きな犬がいました。

しかめっつらは、わかいころ野犬となって、部落（ぶらく）ぶらくをさまよい歩き、にわとりなど、とって食べたことがあります。そのころのことを思いだして、仲間（なかま）を引きつれて、部落（ぶらく）をおそうことにしたのでした。

夜、こっそり、部落にしのびこんで、にわとりやかいうさぎを、さらっていくのでした。毎ばんのように、部落のにわとりやかいうさぎが、さらわれるのです。部落の人々は、かんかんにはらを立てました。

「いったい、何者のしわざだ。」

と、部落の周りのあしあとを調べてみました。雪の消えのこった畑や田のあぜに、きつねのあしあとが、はっきりついているのを見つけました。さらによく調べてみると、あそこにもここにも、きつねのあしあとは一面にあるのです。

「どろぼうやろうは、あのきつねだったのだ。よし、見ておれ!」

と、部落の人々は、親子のきつねの通り道に、一面に、とらばさみをしかけました。とらばさみというのは、けだものが、うっかりあしをふみいれると、鉄の歯が、がっしっと、そのあしにかみつき、そのまま、相手を大地にくぎづけにしてしまうしかけのわなです。

そんなことを知らぬ親子のきつねは、夜がやってきて部落の人々が、ねしずまるのを待って、とことこと、がけを下っていきました。

いつものように、あぜ道を歩いていきました。が、どんなときでも、きつねは、決して油断をしません。先頭に走っていた父ぎつねが、とつぜん立ちどまりました。

あし元から、いやな鉄のにおいがしてきたからです。父ぎつねは、そっと土をかきわけてみました。と、そこからとらばさみが顔を出しました。

父ぎつねは、うなり声を上げてから、方向を変えました。

五、六歩歩くと、そこからも、鉄のにおいがしてきます。注意して、あたりのにおいをかぎまわると、あちこちで、鉄のにおいがしているのです。

きつねの通り道をかこんで、部落の者のかけたわなの中に、いつの間にか親子のきつねは、入りこんでしまったのです。

うっかり歩くこともできません。

そのとき、ウウウという、うなり声を、きつねたちは聞きました。はっとして、すかしてみると、七頭の野犬が、周りをぐるりと、取りかこんでいるのでした。野犬たちも、部落に同じころやってきて、きつねたちを見つけたのでした。

たいへんなことになってしまいました。

四ひきの子ぎつねたちは、母ぎつねの周りに集まって、声をたて

ずに、ふるえています。しかめっつらは、野犬の群れをひきいて、じりっ、じりっと、かこみをせばめました。

父ぎつねとしかめっつらのきょりは、三メートルほどになりました。父ぎつねは、白いきばをむきだして、戦いをいどみました。しかめっつらは、ぱっと、とびかかり、父ぎつねは、すばやく体をかわしました。

と、そのとき、キャンキャンという、悲鳴が起こりました。とびかかったはずみに、しかめっつらは、とらばさみにあしをはさまれてしまったのでした。父ぎつねはちゃんと、とらばさみを計算に入れていたのでした。

野犬たちは、ちょっと、たじろぎました。そのすきをついて、父ぎつねはとびだしました。野犬たちは、ほえたてて、そのあとを追いはじめました。

谷間は、夜が明けかけていました。

母ぎつねは、父ぎつねに野犬たちをまかせると、四ひきの子ぎつねを連(つ)れて、山のかげに向(む)かって、一直線に走っていくのでした。

その山かげは、朝焼(あさや)けを受(う)けて、赤々とかがやいていました。

椋　鳩十（むくはとじゅう）　一九〇五年長野県に生まれる。動物文学の第一人者で、主な作品に『マヤの一生』（赤い鳥文学賞）、『月の輪グマ』『孤島の野犬』『片耳の大シカ』などがある。一九八二年度芸術選奨受賞。一九八七年没。

出典：『３年の読み物特集号』所収　学研　1969年

知らん顔

じぞうさまの前で
男の子がふたり
アリをつかまえて
けんかをさせている

と　じぞうさまの手が
すうっとのびて
コツンと子どもの頭をたたいた

作・原田直友

絵・かりやぞののり子

「いたい」
二人がさすりさすり
あたりを見まわしたが……
じぞうさまは
まっすぐ向(む)いて
知らん顔していらっしゃる

原田直友（はらだなおとも） 1923年山口県に生まれる。主な詩集に『海辺の町』『はじめてことりが飛んだとき』『スイッチョの歌』『虹　村の風景』、『清水あふれるところ』（共著）などがある。

出典：『じぞうさま』 所収　かど創房　1983年

おどろきの子育てをするクモの習性をえがく、観察物語。

母に背おわれるドクグモの子たち

作・ジャン・アンリ・ファーブル　訳・山田吉彦

絵・あべ弘士

九月の初旬には、しばらく前からかえっているドクグモの子どもたちは成熟して、外へ出られるほどになってくる。

　子グモたちは、全部が一時にたまごのふくろから外に出る。そしてたちまち、母グモの背中によじのぼる。子グモたちは、おたがいにぎっしりよりあって、数によっては二重三重の層になって母グモの背中全体をせんりょうしてし

まう。これから、母グモは七か月の間、夜となく昼となく、子の群れをおんぶして歩きまわることになるのだ。子どもを着物みたいに着ているこのドクグモのすがたほど、家族だんらんのお手本になる光景は、どこにも見られないだろう。それに、子グモたちはとてもおとなしい。どれ一つ、身動きもしなければ、はたのものにけんかをふきかけることもない。おたがいにてあしを組んで、目のつまったぬのみたいになり、母グモはこの＊毛羽立ったぞうきんの下にかくれて見えなくなっている。いったい、これは動物だろうか？　それとも毛の玉だろうか？　かたまりあった小さなつぶの集まりだろうか？　ちょっと見たところでは、どっちとも決められないくらいだ。

この生きたフェルト玉はうまく＊平こうが取れているわけではないので、子グモたちはしょっちゅう落っこちている。とりわけ母グモ

＊毛羽立つ…紙やぬのなどの表面に細くやわらかい毛のようなものができること。
＊平こう…力がつりあって安定していること。

が自宅から上ってきて、すみあなの入り口で子どもたちに日なたぼっこをさせるときなど、あなのへりにちょっとでもさわると、家族の一部は、ぽろぽろ落ちる。こんな出来事はたいしたことではない。

　メンドリは、ヒナが心配になると、はぐれた子をさがし、それをよんで一か所にまとめる。ドクグモは、こんな親としての心づかいを知らない。平然として、落っこちた子グモが自分で身のしまつをつけるのを待っているのだが、子グモのほうは、おそろしくすばしこくそれをやりとげる。この子グモたちときたら、むずかりもしないで起きあがり、ちりをはらい、また母グモの背に乗りにくる。落っこちた連中は、すぐにいつも使われるはしごである母親のあしを見つける。子グモはできるだけ早くそれを上って、おぶい*手の背中にもどってくる。子グモでできたこの皮は、ちょっとの間にもとどおりにできあがる。

　子グモでおおわれている親グモのそばに、もう一ぴきのクモの荷物をはらいおとしてやる。すると、宿をなくした子グモたちは、よちよち歩きだし、ほかの母親のあしがならんでいるのを見つけると、すぐさまそれによじ上って、この人のいい母グモの背中に乗っかる。母グモは子グモたちのするままになっている。子グモたちは、ほんとうの子たちの中にもぐりこみ、また、子グモの層があつすぎるときには、前の方に歩いて、胴からむねの上に、また、ときには頭の上まで行くのだ。ただ目のところだけは、外に出ているようにしておく。おぶい手の目かくしをしてはならないのだ。みんなの安全のために、これはどうしても必要だ。子どもたちはこのことを知っている。それで集まった子グモの数がどんなに多くても、目玉には敬

＊おぶい手…背おう人。

意を表しておくのだ。母グモの全身は子グモのしきものでおおわれる。ただ、自由に運動できるようにしておかなければならないあしと、地面にこすりつけられる心配のある下はらだけが残される。

もうすっかり背おいすぎている母親に、わたしは筆の先で第三の家族をおしつける。これもまた好意的に受けいれられる。みんなは、いくらかきゅうくつにおしあいへしあい、層をなして重なりあう。それでも、ひとり残らず、自分の席を見つけるのだ。母グモはこうなると、もう虫のすがたはしていない。どうよんでいいかわからない、動くとげまりだ。子グモはしきりに落っこちるが、すぐそのあしでよじ上る。

わたしは、*極限――背おう母親の好意の極限でなく、平こうの極限に達したとわかった。母グモはその背の上に安全に乗せられるかぎり、いくらでもよそのすて子を拾いあげる。まあ、このくらいにしておこう。で、今度はだれかれの差別なく全体の中から拾いあげて、もとの母にその家族を返そう。そこにはどうしたって子グモの取りかえっこが起こらないわけにはいかないが、これはたいしたことではない。親グモの目には、＊実子も＊養子も同じものだ。

わたしが、こんなおせっかいの手出しをしない場合でも、人のいい親は、ときにはよその家族を引きうけるかどうか、また、自分の子と、よその子との連合家族の行く末はどうなるのだろうか？

わたしは同じ実験器に、子を背おった二ひきの母親をすまわせておいた。この二ひきの住まいは共同のはちの広さがゆるすかぎり、できるだけ、たがいにはなされていた。きょりは二十四、五センチあまりだが、これでは足りないのだ。十分広い＊狩猟地を持つには、

＊極限…物事のいちばん果て。ぎりぎりのところ。＊実子…自分が産んだ血のつながりのある子。＊養子…血のつながりはないが、実の親子と同じ関係になった子。＊狩猟地…かりをするところ。

たがいにはなれてすまなければならない。この気むずかしやがとなりあってすんだため、たちまちはげしいしっとが、たがいの間にもえあがった。

　ある朝、はからずも、わたしはこの二ひきの母グモが、地面の上でけんかを始めたのを見つけた。負けたほうは、あお向けになって地面に横になり、勝ったほうは、そのてきとはらを重ね、あしでだきしめ、身動きできないようにおさえつけていた。両方ともどくキバを開き、まだかみはしないが、いまにもかみつきそうにしていた。それほど、そのキバは両方にとって、おそろしいものだ。かなり長い間、おどしあっていたあげく、強いほう、すなわち上になっているほうがそのころし道具のキバをしめ、下のほうのやつの頭をガリッとかんだ。それから静かに死者を小口に食べはじめた。

さて、母親が食べられている間、おさない子グモたちはなにをしているか。おさな心は、なぐさめられやすく、子グモたちは、おそろしい光景など気にもとめずに、勝ったほうの背中に乗っかり、平

*しっと…自分よりすぐれたものをうらやむこと。

気でその家の子グモと入りまじって落ちつくのだ。*共食いの鬼女はそれをいやがりもせず、自分の子のようにむかえ入れるのだ。かの女は母親をたいらげ、孤児には宿をかしてやっているわけだ。

なお、言っておくべきことは、この母親がこれから先、長いいく月かの間、子グモの最後の旅立ちのときまで、養い子たちと、自分の子と分けへだてなく、同じように背おうことになるのだ。こんな悲劇的な結ばれ方をした二家族は、その後、一家族となる。これでわかるとおり、ここで母性愛とか母親の*慈愛とか持ちだしても当たらないのだ。

子グモたちは、七か月の間母グモの背中にうごめいているが、母グモは少なくとも、かれらを育んでいるだろうか。*えじきをつかまえたとき、子たちにも、ごちそうしてやるのだろうか。わたしは最初そうだとばかり思いこんでいた。そして家族だんらんの食事を見たいと思って、母親がものを食うとき、特別の注意をはらって見張っていた。食事はたいていい人目をさけてすみあなの中で行われる。しかし、ときには、外、すまいの入り口でえものを食うこともある。それに、ドクグモとその家族を、下に土をしいた金あみのドームの中で育てるのはたやすいことだ。*とりこのクモがあなをほろうと決心することはもうない。こんな仕事はもう季節はずれになっているのだ。だから、なにもかもが、開けっぴろげの場所で行われる。

さて、母グモが食べものをかみ、こなし、すい、飲みこむとき、子グモたちは背中の*宿営地から動きはしないのだ。一ぴきとして、自分の場所をはなれるものもなく、ごちそうにありつこうと、下りたがる顔つきを見せるものもない。母グモのほうでもまた、来て食

＊共食い…同じ仲間どうしが、たがいに食い合うこと。＊慈愛…いつくしみかわいがること。＊えじき…えさとして食べられる生きもの。＊とりこ…とらわれの身。＊宿営地…軍隊がとまるところ。ここでは母グモの背中のこと。

べるようにさそうでもなく、子どもに、おあまりを残しておくこともない。母親は食っている。ほかのものはながめている、というよりはむしろ、母グモがなにをしているか、いっこう気にしてはいないのだ。母グモがものを食っている間、子グモがまったく無関心なのは、子グモたちの胃が食べものをとる必要のないしょうこだ。

母の背の上にいる七か月の育ちざかりの間、子グモたちは、からだをなんで養っているのだろうか。おぶい手のからだから出てくる*分泌物ではないかと、まず考えられる。子たちは*寄生虫のように、母の身から養分をとり、母をだんだんとすいつくすのではあるまいか。

この考えはすてよう。子グモがちぶさ代わりの皮ふに口をつけているところは、決して見られはしない。また、母グモは弱っておとろえるどころか、ずっと完全に太っている。子育ての時期の終わりでも、かの女は前と同じに太っている。かの女はなにもなくしてはいない。それどころか反対に、とくをしている。次の夏、今の家族と同じように人数の多い家族をまたうむだけのものを、からだにたくわえているのだ。

くりかえして言おう。なんで子グモたちは身を養っているのか。ちびすけどもの生活のしょうもう*を満たしているのは、たまごのときからのたくわえだとは考えられない。やがてこのたくわえは、たくさん消費しなければならないのだ。たくわえは、ほとんどないのに近く、これは重要資材のきぬ（クモの糸のこと）のためにけん約しておかなければならない。このちびすけの活動力には、なにかほかのものが働いているにちがいない。

少しも動かないのならば、完全絶食*ということもわかる。静止状

*分泌物…からだの活動に必要なあせや消化液など。 *寄生虫…ほかの動物の体内や体表にすみつき、その養分をとって生きている動物。 *しょうもう…使ってなくなること。 *絶食…なにも食べないこと。

態は、生活ではない。しかし、おさないクモたちは、ふつうには母親の背中の上でじっとしているにしても、いざとなれば、運動したり、すばやい背中上りをしたりする。母グモの乳母車から落ちると、子グモたちはすぐ立ちあがり、さっさとあしによじのぼって、背の上に乗っかる。すばらしい元気とすばしこさだ。

　また背中に集まっているにしても、その集まりの中で、しっかり足場をたもっていなければならない。小さいてあしをのばしたり、つっぱったり、となりのやつらに、かじりついていなければならない。実際には、子グモたちには完全な休息なんてないのだ。

　ところで、*生理学はわたしたちに教えている。一つのせんいでも、エネルギーのしょうもうなしには働かないと。動物はだいたい、わたしたちの工業機械ににたもので、運動によって使いへらした生体の回復と、運動に変化した熱のほじゅうとを必要とする。

機関車にたとえてもよい。この鉄の動物は、働くと、だんだん、*ピストン、*連接棒、車輪、*ボイラーをそんじていくので、ときどき、もとの完全な状態にもどさなければならない。*鋳鉄工と*鋳物師とが、いわば「形を作る食べもの」である補給品をおぎなって、全体をもとどおりにするのだ。

しかし、機関車は、せいぞう工場から出てきたばかりでは、まだ無力だ。これを動かすには、機関手が「エネルギーになる食べもの」を供給してやらなければならない。言いかえると、そのはらの中で、石炭をたかねばならない。この熱から機械の運動が起こる。

*生理学…生物のからだの働きについて研究する学問。*せんい…生物のからだを作っている、細かい糸のようなもの。*ピストン…円柱の中を、蒸気の力やガソリンのばく発する力、水の力などによっておうふく運動をするつつ形のせんのようなもの。*連接棒…エンジンのピストンからのおうふく運動を、回転運動にかえるしかけの棒。*ボイラー…機械を動かしたり、部屋をあたためたりするための蒸気をつくる大きなかま。*鋳鉄工…なべ、かま、機械の部品などをつくる人。*鋳物師…とかした金属を流しこんで製品をつくる人。

動物も同じだ。無からはなにも生まれてこない。最初、たまごが赤んぼうの原料を供給する。それから、生きものの鋳物師、「形を作る食べもの」が、ある程度まで、からだを発育させ、からだが使いへらされるにつれて、もとどおりに作りなおす。エネルギーのいずみである燃料は、体内に一時とどまっているだけだ。それは体内で燃焼されて熱を供給し、運動を発生させる。生命は、ひとつの炉*だ。食べもので熱をえて、動物機械は動き、歩き、はね、泳ぎ、飛ぶなどその運動道具をさまざまに働かせるのだ。

ドクグモの子に、もどってみよう。子グモは解放の時期まで少しも成長しない。七か月後にも、生まれたときと、そっくり同じすがただ。たまごが、このちっぽけなからだのつくりに必要な原料を供給した。今のところ、使いへらされる物質の損失は、ごく少なくて、無であるとさえ言っていいくらいだ。このちびすけどもが大きくなるまでは、「形を作る食べもの」の補給は、いらない。この点では、長期の絶食もなんのさわりもない。しかし、まだ「エネルギーになる食べもの」の問題が残っている。これはどうしても、なしですますわけにはいかない。ドクグモの子は運動し、しかも、きわめて元気にやるのだから。動物がぜったいになんの食べものもとらないとすれば、運動で使われる熱を、いったいどこから取りだしたらよいのか。

一つの思いつきがうかぶ。人はこう言う。生命こそないが、機械は物質以上のものだ。なぜなら、人間はそこにたましいの一部を加えたのだからと。ところで、鉄の動物が石炭を食料として消費するとき、じっさいには太陽のエネルギーが集積している太古の巨大なシダの葉を食っているのだ。

*炉…燃料がもえるところ。*シダ…シダ類にぞくする植物をまとめてよぶよび方。日かげに生える、花のさかない植物。

肉とほねとでできた動物（どうぶつ）も、これとちがったことをやってはいない。動物（どうぶつ）が、たがいに食べあうにしても、植物（しょくぶつ）からみつぎもの*をとるにしても、動物（どうぶつ）が生きているのは、どこまでも太陽熱（たいようねつ）のしげきに

よるのだ。この熱は、草や木の実や種の中とか、またそうした植物を食べものとしている動物の中に蓄積されている。宇宙の魂である太陽は、エネルギーの最高の配分者だ。

栄養物を、腸から受けいれるというふめいよな回り道をしないで、ちょうど電池が＊蓄電器を充電するように、この太陽のエネルギーが直接に動物にしんとうして、活動力を注ぎこむわけにはいかないものだろうか。わたしたちは、太陽で体を養えないであろうか。

だいたんな革命家である化学は、わたしたちに栄養物質の＊人工合成を約束している。農場がなくなって、そのあとに工場ができるだろう。＊物理学もそれに手をつけないわけがあろうか。形を作る＊元素の調合は試験管にまかせて、物理学はエネルギーになる食べものの

＊みつぎもの…人々が、王様などに差しあげる品物。＊蓄電器…電気をたくわえることができる装置。＊人工合成…人間が二つ以上のものを合わせて、一つのものをつくること。＊物理学…もののせいしつや運動などについて研究する学問。＊元素…ものを化学的に分けたとき、これ以上分けられない物質。

研究だけにぼっとうするだろう。この食べものはその正確な表現に引きもどされると、物質でなくなる。物理学は運動に使われる太陽エネルギーの定食を、せいこうな機械でわたしたちの体にしんとうさせることになるだろう。胃だのその＊付属物だのという、ときには苦痛さえあたえるものの助けを不用にするこの機械は、どこで活動のネジをまかれるのだろうか。ああ！ 太陽の光で朝食をすませるような世界なんて、どんなにすばらしいことだろう！

これは夢想だろうか。遠い未来に実現されるものの予見だろうか。科学の持ちうる最高の問題の一つであるこの問題が可能であるかどうか、それについてわたしたちは、まず、ドクグモの証言を聞いてみよう。

七か月の間、子グモたちは、形のある食べものは少しもとらずに、運動のために力を使っている。筋肉機械のネジをまくため、子グモたちは、熱と光とに身をさらして、直接に元気を回復するのだ。母グモは、まだはらの先にたまごのふくろを付けているころ、日ざかりに、たまごを日に当てにきた。すみあなの入り口で、たまごに日がいっぱいさしかかるように、二本のあしであなの外に持ちあげ、静かにぐるぐる回して、生をあたえる熱の放射に各部分をまんべんなくさらしていた。さて、胚子を目覚めさせるこの生命の日光浴は、今続いて行われて、おさない生まれたての子グモたちを活動させているのだ。

天気さえ良ければ、ドクグモは毎日、子グモをおぶってすみあなの底から上ってきて、あなのへりにひじをつき、長い間、日なたぼっこをしている。そこで子グモたちは母の背の上で楽しそうにてあしをのばし、日光をあきるほど浴びて、活動の力を取りこみ、エ

＊付属物…ついているもの。＊放射…熱などを外に出すこと。
＊胚子…お母さんから生まれる前の、からだを形作るとちゅうのもの。

ネルギーをからだじゅうにしみわたらせる。

子グモたちはじっと動かずにいる。しかし、少しでも息をふきかけてやると、あらしが通ったように、いきおいよくさわぎたてる。大急ぎでみんな四方に散らばり、大急ぎでまた、もとどおりに集まる。これは物質的な食べものがなくても、このちびすけの動物機械がいつでも運転できるように蒸気を上げているしょうこだ。夕方になると、母グモと子グモたちは太陽の放射をいっぱい浴びて、あなの中にもどってゆく。太陽食堂でのエネルギーのごちそうは、今日はこれでおしまいだ。冬でも、天気さえ良ければ、子グモたちが食べものを食べはじめる解放の日まで、毎日はこんなふうにくりかえされる。

ジャン・アンリ・ファーブル　一八二三年フランスに生まれる。昆虫の生態研究に専念し、『昆虫記』を完成。一九一五年没。

山田吉彦（やまだよしひこ）　一八九五年生まれ。翻訳作品に『ファーブル昆虫記』などがある。一九七五年没。

出典：『ファーブルの昆虫記 下』 所収　岩波書店　1955年

よくの深いスクルージのもとで起こった、クリスマスのきせきとは？

クリスマス・キャロル

原作・チャールズ・ディッケンズ　文・中山知子

絵・清重伸之

ある年のクリスマス・イブでした。スクルージ＝マーレイ商会という店の主人の、スクルージは、その日も、事務所で、いそがしく働いていました。

事務所のおくの倉庫では、事務員が一人、せっせと手紙を書きうつしていました。倉庫は、うす暗くて、おまけに、ちっぽけなストーブしかないので、事務員は、かじかんだ手をこすりながら、仕事をしていました。

ところで、この店は、はじめ、マーレイと二人でつくったのですが、マーレイが死んでからも、名前は変えませんでした。べつに、マーレイの記念に、というわけではなく、ただ、店の名前を消すのに手間がかかるからでした。

「あの人ときたらまるで、温かい心なんて、持つだけむだだと思ってるのさ。」

町の人たちが、うわさしているとおり、びんぼうな人のために、寄付をたのみに行ったりすると、スクルージは、決まって言いました。

「関係ないね。すまないが、わしは仕事がいそがしくて、そんなこと考えるひまはないのだよ。」

これでは、みんなに悪く言われても、しかたがないでしょう。町の人たちは、こう言っていました。

「なにしろ、すごいけちなおやじだ。金もうけと、自分のことだけしか頭にないんだから。」

でも、スクルージは平気でした。

その午後、スクルージのわかいおい＊が、店に飛びこんできて、いせいよくあいさつしました。

「おじさん、クリスマス、おめでとう！」

すると、スクルージが言いました。

「なんだね、ばかばかしい。よりにもよって、こんないそがしいときに。わしは品調べをして、店のかんじょうを全部すまさなきゃならんのだ。また一つ、年をとるだけさね！」

「そりゃちがうってば、おじさん。クリスマスはね、みんなが仲よ

＊おい…自分の兄弟、姉妹の息子。

く、良いことをする日だから、めでたいんですよ。」

「つまらんことを言わずに、とっとと帰っておくれ。わしは、いそがしいのだからな。」

おいは、かたをすくめて帰っていきました。

やがて、日ぐれどき、仕事をすませ、店をしめて戸じまりをすると、スクルージも家へ帰っていきました。

スクルージは、むかしの仲間の、マーレイの住んでいたアパートに、住んでいました。

そのアパートは、店とは反対の、うら通りにあって、見ただけでも、うっとうしい感じのする、古ぼけた茶色の建物で、その中の一部屋が、スクルージの家でした。

「やあれやれ、今日は、くたびれたわい。」

スクルージは、部屋に入ると、火のそばのいすに、すわりました。

でも、なぜか、気分が落ちつきません。

「変だな。いつもとちがう。」

見たこともないかねが、かべにつりさがっていました。かねは、チリンチリンと音をたて、その音が、だんだん大きくなるのです。

「たしかに、あのかねが鳴っておる。だが、いったい、だれが鳴らしておるのだ？」

つぶやいていると、遠くでチャリンチャリンと、くさりを引きずる音がして、だれか階だんを上って、近づいてきます。

「ゆうれいだ！」

スクルージは、思わず声を上げました。でもすぐ、打ちけすように、言いました。

「いや、そんなばかなことが、あってたまるものか。考えるなんて、どうかしておるぞ。」

ところが、やっぱり、ゆうれいでした。目の前にあらわれたのは、昔のままの服を着て、めがねをかけ、重そうなくさりをこしにまいた、マーレイのすがたでした。

「なんの用だね、今ごろ。あんたは死んだはずだのに、まだ、この世にいるのかね？」

すると、マーレイのゆうれいが、言いました。

「わしは、*こうかいしているのだよ。生きているうちに、幸せをさがし、ほかの人を幸せにするようなことを、すればよかったのに。ただ金もうけばかり考えていた。そのせいで、わしは、この先も長いこと心が安らかになれないのだ。死んでみて、初めてわかったのだよ。」

「だって、りっぱな商人（しょうにん）だったじゃないかね。」

「商売（しょうばい）のことなど、言ってくれるなよ！　それより、親切のことを考えるべきだった。」

＊こうかい…自分がしたことについて、あとで心をいためたり、くやむこと。

「では、どうしろというのかね？」

「たのむ。あしたの夜から、一人ずつ、あんたは三人のせ*いれいに会うだろう。そのせいれいたちの言うことを聞いてくれ。あんたの幸せのためにだよ。では、さようなら。」

どこからか、おおぜいのすすり泣く声が聞こえて、その声に包まれるように、マーレイのすがたは消えました。

「なにを言ってやがる！」

スクルージは、そう言いすてると、つかれた体を横たえて、ぐっすりねむりこんでしまいました。

スクルージが、ひょっと目を覚ましたとき、どこかで、十二時を知らせるかねの音がしました。

「真夜中かな。しかし、変だな。さっき、マーレイが出てきたのも、真夜中だったが。」

すると、とつぜん、明るくなって、見たこともない、小がらな老人が立っていました。まばゆい光は、その頭から、差しているのでした。

「あなたは、そのう、せいれいですかな？」

「そうだよ。わたしは、これまでにすぎたクリスマスの、せいれいなのだ。」

そう言って、スクルージの手を取って、自分のむねに当てました。

すると、二人は、軽々と、まどから外へ、飛びだしていきました。

あたり一面が雪景色の、いなかの道の真ん中に、二人は立っていました。

「ここは、わしが小さいころにいた村だ。ほら、わしの家も、教会もある。ずいぶん長いこと、なぜ、わすれていたのだろう。」

＊せいれい…キリスト教で、せんれいを受けた人に宿り、その人に考えさせたり、行動させたりするたましい。

スクルージは、うれしくなりました。子どもたちが、にぎやかに、「クリスマスおめでとう」と言いあっています。どの子の顔も、名前も覚えています。

せいれいは、学校を指差しました。

「あそこをごらんよ。あの男の子、ひとりぼっちで、悲しそうに、すわっているよ。」

「あっ、あれは、わしだ！」

スクルージがさけびました。次に、せいれいは、おんぼろの家を指差しました。くずれそうな、その家の前で、小さな女の子が、一人の男の子をよんでいました。

「さあ、早く、おうちへ帰りましょうよ！」

スクルージは、感げきして、さけびました。なつかしくて、たまらなくなりました。

「あれは、わしの妹だ！」

「そう、あなたの妹さんだよ。あなたは、妹さんが死んだこと知っているかね。」

「ああ、知っている。」

「妹さんには、男の子が一人いたことも、知っているね。」

「知っているよ。」

「それなのに、あなたは、その、おいごさんに、会いに行こうともしないではないかね。」

スクルージは、すぐに返事ができませんでした。小さいころの友だち、かわいいきょうだい、村の人たち。知った人は、おおぜいいたのに、会いたいと思ったこともありませんでした。自分のことばかり考えていて、ひまがなかったのでした。

しばらくすると、スクルージは、町の中にいました。

ふっと、あたりのようすが変わって、スクルージは、大人になっていました。もうそのころから、けちになりそうな、顔つきをしていました。

一人のかわいいむすめさんが、スクルージのそばで泣いていました。

むすめさんは、スクルージのおよめさんになりたいと、思っていたのです。それなのに、スクルージは、そっぽを向きました。

「結婚する気なんてないね。むだだ。」

だから、むすめさんは悲しくて、泣いていたのでした。

「なんてひどいやつだろう、わしは！　おおいやだ、もう見たくない！」

でも、せいれいは、もしも、スクルージがその人と結婚していたら、こうなっただろうと、見せました。

きれいな家、おくさんとおおぜいの子どもたち。とても幸せそうです。

「あの子たちは、わしを、お父さんとよんでくれたかもしれないのに……。」

スクルージは、泣き顔になりました。

そのとき、せいれいが言いました。

「今夜はこれでおしまいだよ。あなたは、今までの自分が、どんなふうだったか、見たのだよ。わかっただろう。」

こんなにつらい思いをさせるなんて、ひどいせいれいめ、とスクルージははらを立てました。すると、とたんに、ねむくなって、また、ぐっすりねむってしまいました。

目が覚めると、また、かねが鳴っていました。となりの部屋から、あたたかい色の光が、さしてきました。

「ここは、どこだろう？」

となりの部屋に通じるドアに近づくと、向こうから声がしました。

「お入り、スクルージ。わたしは、今のクリスマスのせいれいだ。」

おずおずと、部屋に入ったスクルージは、思わず顔をかがやかせました。

部屋には、だんろの火が赤々ともえて、一面、花やひいらぎでかざられ、たくさんのごちそうが、ならんでいました。

緑のマント*を着た、背の高い人が、明るいたいまつをかざして、言いました。それが、二番目のせいれいでした。

「わたしのマントにさわりなさい。」

言われたとおりにすると、ふいに、花もごちそうも、なにもかも消えて、スクルージは、冷たい雪の積もった、うら通りに立っていました。

せいれいは、一けんのそまつな家に、案内しました。家族がみんなそろって、楽しそうです。小さなぼうやも、大はしゃぎしています。クリスマスの日のお昼だけは、年に一度、がちょうの丸焼きと、*プディングが食べられるのです。

「クリスマスおめでとう!」

聞きなれた声で、お父さんが言いました。

お父さんは、店の事務員さんでした。

「そうだったか!　早く帰してやればよかった。」

そう思ったとき、スクルージは、海にうかぶ船の中に、連れてい

*マント…そでなしの長いコート。　*プディング…たまごや牛にゅう、フルーツなどを使って作る、むして固めたケーキ。イギリスでは、クリスマスに食べられる。

かれました。

船乗りたちも、仲良く、クリスマスを祝っていました。声を合わせて、クリスマスの歌を歌い、めいめい、国で待っているおくさんや、子どもたちのことを思いました。

「うちでも、クリスマスを祝ってるだろうね。」

その静かな声が、とつぜん、にぎやかな笑い声に変わりました。もう、船の中ではなくて、あたたかい家の中でした。わかい男たちが集まって、にぎやかに話しあっていました。

「真ん中でしゃべっているのは、おいのフレッドだ！」

フレッドは、こんなことを言っていました。

「ぼくのおじときたら、まったくのひねくれ者でね。すごい金持ちなのに、びんぼうな人を助けようなんて、これっぽっちも思わないんだから。やとってる事務員さんにだってそうだ。まずしい生活をしているんだから、五十ポンド*くらい、あげりゃ良かったんだ。しかしね、おじをにくむわけじゃない。ただ、かわいそうな人だと思ってるだけ。とにかく、あわれな人ですよ。さあ、みなさん、おじの健康をいのって、かんぱーい！」

また、十二時のかねが鳴って、がらりと景色が変わりました。ぼんやりとした人かげが近づいてきて、スクルージを手まねきしました。それは、三番目のせいれいでした。

気がつくと、おなじみの、*証券取引所の前にいました。仲間の商人が、おおぜい集まっていて、がやがや話しあっていました。

「いえ、なにも知りませんよ。わたしはね、ただ、あの人が死んだと聞きました。」

＊ポンド…イギリスの貨へいの単位。１ポンドは約百三十円、五十ポンドは今のお金では約六千五百円。
＊証券取引所…財産の権利を記したかぶ券などを売買するところ。

「あの人は、かなりの金持ちだったがね。」

「その金は、どうなってるんでしょうねえ。」

「どっちにしても、おそう式は、さびしいことでしょう。式に参列するなんて、だれ一人言ってませんからね。」

死んだって？　だれのことだろう？　スクルージは、びっくりしました。でも、せいれいはなにも言わず、また、ほかの場所へ、連れていきました。そこでも、別の人たちが、ひそひそと、話しあっていました。

「聞いたかね。あのけちじいさんが、とうとう死んだってさ。」

マーレイのことだろうか？　いや、それはずっと前に、すぎたこと。だとすると……ひょっとすると……。

スクルージは、こわくなり、せなかが、ぞうっと、寒くなってきました。いくらきいても、せいれいは、なにも言ってくれません。

ただ、ついてこいと、まねくだけでした。

とうとう、二人は、さびしい墓地にやってきました。あるおはかの前に立ったとき、せいれいは、おはかの石を指差しました。

スクルージは、そこにほってある名前を読みました。

「エベネザー＝スクルージ！」

それは、自分の名前だったのです。おまけに、そのおはかの前には、花もなんにも、そなえられていませんでした。

スクルージは、この先、自分がどんなふうになるかを、はっきり見せられてしまったのです。

花一つない、さびしいおはか。その中にうずめられている、あわれな自分のすがたを想像すると、スクルージは、もう、たまらなくなりました。

「助けてくれよ、お願いだ。こんなことなら、心を改めると、ちかうから!」

スクルージは、夢中で、せいれいの手にすがりつきました。でも、せいれいは、すうっと消えてしまいました。

「ありゃりゃ、これはどうしたことだ。」

スクルージの両手は、せいれいの手ではなくて、自分のベッドの柱に、しがみついていたのでした。

あわてて、起きあがって見回すと、ここはたしかに、自分の家の中でした。

「わしは、わしは、死んだのではなかった。生きていたのだ!」

そうさけんで、スクルージは、大声で笑いだしました。笑っているうちに、なみだが、ぽろぽろこぼれてきました。スクルージは、急いで服を着がえると、朝の町に出ました。出会う人みんなに、「おめでとう」と言わずにいられない、こんな気持ちは初めてでした。

向こうからやってきた男の子に、たずねました。

「今日は、何日だったけね？」

「決まってらあ、クリスマスだよ、おじさん！」

「や、そうだったな。では、クリスマスおめでとう。」

「おや、これはこれは、スクルージさん、とてもうれしそうじゃないですか！」

一人のおばさんが、言いました。スクルージは、にっこりして、こたえました。

「そりゃ、うれしいに決まっているさ。今日は、クリスマスだからね！」

ほんとうに、スクルージは、生まれて初めて、心の底から、幸せに思ったのでした。

出会った人たちに、きげんよく、あいさつをしながら、スクルージは、市場へ行きました。はじめに、自分の店の事務員に、とてもりっぱな七面鳥を買って、とどけてやることにしました。これなら、がちょうの百羽にだって、負けないくらいのごちそうですもの。

次に、教会へ行って、子どもたちと、にこにこあいさつを交わし、それから、牧師さんにたのんで、お金をあずけました。

「どうか、まずしくて、こまっている人たちに、あげてください。なに？　わしから？　いや、そんなことは言わなくていいのですよ。わしは、幸せだ。だから、みんなも、幸せになるように。」

最後（さいご）に、スクルージは、おいのフレッドに、会いに行きました。

「どなたですか？」

「わしだよ、スクルージおじさんだよ。わしも、いっしょに、食事(しょくじ)をさせてもらえるかね？」

「大かんげいですよ。おじさん！　さあさあ、どうぞ！」

フレッドも、家の人たちも、友だちも、みんな、よろこんでむかえてくれました。

なんてすばらしい、お祝(いわ)いの日でしょう！　なんてめでたい、クリスマスでしょう！

この日から、けちで、がんこなスクルージは、やさしくて、親切なスクルージさんになって、ずうっとのちまで、幸(しあわ)せにくらしたのでした。

チャールズ・ディッケンズ　一八一二年イギリスに生まれる。主な作品に『クリスマス・キャロル』『二都物語』などがある。一八七〇年没。

中山知子（なかやまともこ）　一九二六年東京に生まれる。主な著作・翻訳作品に『モーツァルト』『ベニスの商人』『宝島』などがある。二〇〇八年没。

出典：『世界子ども名作100』所収　学研　1989年

思わずふきだす、おかしさいっぱいのユーモア読みもの。

おれはオオカミだ

作・内田麟太郎（うちだりんたろう）

絵・石井聖岳（いしいきよたか）

オオカミは、村へ続（つづ）く山道を下りていった。ちょっくら人間のがきを食いたくなったのだ。

のっし、のっし、のっし。

風があわてて道を開（あ）ける。イタチが前へ飛（と）びだし、しっぽで道をはく。山一番強いオオカミには当然（とうぜん）のこと。

それでも……、さすがに村へ着（つ）くと、そろりそろりとしのびあしになった。が、心の中はこれこのとおり。よゆうしゃくしゃくだ。

「そろり、そろり、そろりでござる。人間の子どもはうまいでござる。おさるのおしりは真っ赤でござる。今日はなかなか良い日でござる。」

村のあちこちには、ももの花がぽかりぽかりとさいていた。

「ここを曲がれば幸せ通り。あの子がうまいか。この子がうまいか。」

もうすぐ、ぷりぷりした子どものはらわたが食える。オオカミはこらえきれずにしたなめずりした。したなめずりして庄屋の土べいを曲がり……。

どっしーん。

「うわーっ。」

悲鳴(ひめい)を上げてこしをぬかした。目の前にぬっと、刀を二本差(ざ)しにしたさむらいが立っていたからだ。

(か、刀!)

刀を差(さ)したさむらい。

それは、*あぜ道で*すきや*くわをかついでいる者(もの)とは、てんで、まったく、ちがっていた。

刀は……、キラリと光っただけで、オオカミの首をさらりとはねる。うそではない。オオカミのじいさんも、そのまたじいさんも、キラリさらりでこの世(よ)にさよならしていた。

「…………。」

オオカミは口がきけなくなり、ただ鼻(はな)のあなをふがふがさせた。

いいや、オオカミにぶつかられたさむらいも、

*庄屋(しょうや)…むかし、農民(のうみん)の頭(かしら)として村を取(と)りしまったり、ぜいを取(と)りたてたりする仕事(しごと)をした人。*あぜ…田と田の間に土をもりあげて作った境(さかい)。*すき…田や畑(はたけ)をほりおこす道具(どうぐ)。*くわ…田畑(たはた)をたがやしたり、ならしたりする道具(どうぐ)。

「お、オオカミめっ！」

と、どなりかけ、息をのみこんだ。

こしに差していたものが、スイカも切れないへなへなの竹光だったからだ。つまり――さむらいはびんぼうをしておった。本物の刀が買えないほどに。

しかし山ぐらしのオオカミが竹でこしらえた刀、竹光なんて知っているはずはない。やっとこさ起きあがったオオカミは、苦しい言いわけをした。

「お、おさむらいさん。おれはオオカミなんかじゃない。ただ大きいだけの犬です。」

オオカミの言いわけを聞いて、さむらいはほっとした。もしオオカミがオオカミのままでおそいかかってきたら……。さむらいは、こしのものをぎらりと引きぬかなければならない。それをしないでにげだしたりしたら……。

「武士の風上にも置けないこしぬけ者よ。」

と、のちのちまで仲間内の笑い者になる。

「そうか。きみは犬か。犬でよかったな。もし、オオカミだったら。」

「オオカミだったら……。」

「切らねばならぬ！」

さむらいは切れもしない刀のつかに、ぐっと手をかけた。

「わん。」

オオカミはあわてて犬声を出した。

それなのに、オオカミはまた目の玉がぶきんと飛びだすような声を聞いた。

「オオカミだ、おさむらいさん。人食いオオカミだ。こしの刀で切りすててくれーっ。」

村の子どもだった。目の玉がぶきんと飛びだしかけたのは、さむらいも同じ。

「こらっ。うろたえるな、子ども。これは、ただ大きいだけの犬だぞ。」

「そうです。わん。」

オオカミはまた犬声を出した。

「ほーら、本人がわんと鳴いておるではないか。」

「そうかなあ。でも……、おさむらいさん。犬にしてはちょっと目つきがするどすぎないかい。」

なかなかにかしこい子どものようだった。えさにこまらないかい犬と、その日ぐらしのオオカミでは、たしかに目つきがちがってき

てしまう。

「そういえば、なんとなくそうだが……。」

さむらいは、にえきらない返事でオオカミを見た。

（よ、よしてくれよ。そんな目つき。）

オオカミはあわてて目じりを下げ、子犬よりもあまったるい声を出した。

「くふーん。」

「ほーら、かわいい犬だろう。オオカミだったら鳴き声は、おそろしい、うおおおーん、うおおおーんだろうが。な、子ども。」

「くふーん。」

オオカミは合わせてしっぽをふった。

「でも、おさむらいさん。」

「で、でも……、なんだ？」

さむらいは、かしこいらしい子どもにあとじさった。*

「犬なら、ちんちんをするよ。」

きゃいーん。

オオカミはへそがつっぱり、でんぐりがえった。


（な、なさけねえ。）

オオカミは泣きべそ目で山をながめた。なにかとんでもなくみっともないところを、イタチどもに見られているようだ。

「さあ、ちんちんしろ。」

子どもが、オオカミの前にぐっと両手をつきだした。にくたらしくて、にくたらしくて、ひと口にかじり切ってやりたい手だ。でも

*あとじさる…あとずさりする。前を向いたまま、後ろへ下がる。

……、オオカミの横には刀を差したさむらいが立っていた。

「ちんちん。」

ちんちん。

「ちんちん。」

ちんちん。

オオカミはいつの間にか、しっぽをふっていた。

「さすがは大きい犬だ。ちんちんもどことなくかんろくがあるではないか。なあ、子ども。」

「そうだね。おさむらいさん。でも……。」

「で、でも、なんだ？　まだあるのか、おまえ。」

さむらいはあきれ顔で、子どもを見た。

「犬は、三べん回ってわんもするよ。」

きゃいーん。
オオカミは三べん回って気を失（うしな）った。

（ず、頭痛がする。）

オオカミはこめかみをぐりぐりともみほぐした。たぶん……、山の方では、イタチどもがはらをかかえて笑っているだろう。

「三べん回って！」

わん。

オオカミは小犬のように、自分の前あしを子どもの手のひらにちょこんとのせた。

「りこうな犬だなあ、子ども。これはまちがいなく犬だぞ。とてもあほなオオカミには、こんな芸はできん。」

「そうだね、おさむらいさん。でも……。」

「で、でも、なんだ？」

さむらいは子どものしつこさにため息をついた。

「犬は、人が見ていても、かたあし上げておしっこをするよ。」

きゃいーん。

オオカミはしっぽがねじれ、目がでんぐりがえった。

(とほほほほ。)

オオカミは目じりがじんわりとぬれてきた。

(か、刀さえなければ……。こ、こんな、がきなんか。)

オオカミはひと口で飲(の)みこんでやる、と思いながらも、あしが勝(かっ)手(て)に持(も)ちあがり、小便(しょうべん)はぼしょぼしょと松(まつ)の根方(ねかた)をぬらした。

「どうだ、なっとくがいったろう、子ども。これこそ人にかわれている犬だ。山にいるオオカミでは、ほこり高くてとてもこんなみっともないところを、人に見せたりはせん。」

「そうだね、おさむらいさん。でも……。」

「で、で、で、でも、な、なんだ！」

さむらいの目が、きゅっとつりあがった。

「犬なら……。」

聞いているオオカミはからだがわなわなとふるえてきた。子どもは、もっとみっともないことを、平気で言いだしそうだった。

（おれはオオカミだ――。）

オオカミはこらえきれずにわめきたくなった。

うおおおーん、うおおおーん。

ついにオオカミはほえていた。きばがぎとぎとと光り、毛がつったち、するどいつめがせりだした。

さむらいはあわてふためいた。

「が、がまんしろ。お、お、お、おー。」

だが、オオカミはもう自分のことを止められなくなっていた。それどころか前よりもかえってするどくほえかえした。

うおおおんおんお――――ん。

村じゅうをすくませ、馬や牛のあしをうきたたせ、遠く遠くひびいていくオオカミのほえ声。子どもは青ざめ、さむらいのこしにしがみついた。

「た、助けて。おさむらいさーん。」

なさけないその悲鳴。オオカミは子どもの悲鳴に、ケモノの血がどくどくとよみがえり、はらが生肉をさいそくし、ごろごろと鳴りだした。

(そうよ、おれはケダモノよ。血もなみだもないケダモノのオオカミよ。そのおれさまの声を、よーく聞いておけ！)

オオカミは、のどもはりさけよとさけんだ。

「おおかみだ――。」

いや、さけびかけて……、見てはならないものを見てしまった。

さむらいがあまりのこわさに思わずつかんでしまったものだ。

(か、刀!)

それでオオカミは、

「オオカミだ……。」

とさけぶつもりが、こうさけんでしまった。

「オオ、カミ、さまー。」


内田麟太郎(うちだりんたろう) 一九四一年福岡県に生まれる。主な作品に『さかさまライオン』(絵本にっぽん賞)、『うそつきのつき』『うみがわらっている』『ともだちや』『たぬきのたまご』などがある。

出典:『4年の読み物特集㊤』所収 学研 1992年

つらい経験をした人ほどやさしくなれる、真心の物語。

朝焼けの富士

作・大石　真

絵・山口みねやす

一

　山田さんは、小学校の警備員をしています。

　一日交たいで、夕方五時までに学校へ行き、朝八時に学校から帰ります。

　だから、めったに、学校の生徒と顔を合わせることはありません。顔を合わせる子どもといえば、五時近くまで居残りをしていた生徒とか、野球でもやろうと思って、朝早く学校にやってきた生徒ばかりです。

「おい、今のおじさんだれだい？」

「きっと、警備員のおじさんだよ。」

「あっ、そうか。一晩じゅうねなかったのかしら、あのおじさん。」

校庭ですれちがった子どもたちが、そんな話をしているのを、山田さんは聞いたことがあります。

山田さんの仕事は、みんな帰ってしまった小学校の、留守番役です。でも、一晩じゅう起きている必要はありません。十時と、四時に、校舎の中を見回って、火事やどろぼうに注意をすればいいのです。

山田さんは、五十六歳で会社のつとめをやめてから、この仕事を始めました。最初は、いくら大人でも、しんと静まりかえった小学校に、一人で留守番するのは、ずいぶん、気味が悪かったのです。〝ねずみに引かれてしまいそうだ〟という言葉がありますが、今にも、ものすごい大きなねずみがあらわれて、長い大きなしっぽで、体をまかれて、どこかおそろしいあなぐらへ、引っぱっていかれそうな気がしました。

でも、だんだんなれてくると、一人の留守番も、ちっともおそろしくなくなりました。最初のうちは、十時の見回りをすませると、目覚まし時計を四時に鳴るようにしてから、ふとんの中に入ったのですが、三月もすると、もうそんなことをしなくても、四時になると、ひとりでに、目が覚めるようになりました。

山田さんは、ゆっくりと、だれもいない教室を回って歩くのも好きでした。

教室の戸を開けると、子どもたちのつくえの上に、ちょこんと体そうのぼうしがのっていたり、お手玉やグローブや、なわとびのひもが置いてあることがありました。

それらのわすれものを見ると、山田さんはすぐ、わすれものをした子どもたちのことを思いうかべました。

わすれものをした子どもたちは、今、どんなゆめを見ながら、ねむっているのだろうか？

そう考えると、山田さんは、むねの中が、自然と温かくなるような気持ちがしました。

そんなとき、山田さんは、よく、むすめのミドリのことを思いだしました。

山田さんは、わかいころ、富士山のふもとの町の工場で働いていました。戦争中でした。

山田さんには、おくさんと、六つになるミドリという女の子がありました。

あるばん、山田さんは*夜勤で工場に出かけました。そのばん、町に敵機がおそいかかりました。雨のように落ちてくる*しょういだんで、町は大火事になりました。

火事がおさまってから、山田さんは、夢中で家に帰ってきました。家は、すっかりもえていました。

「和子とミドリは、どこへひなんしたんだろう。」

そう思いながら、ふと、庭の小さな*防空ごうをのぞきました。すると、防空ごうの中に、おくさんとミドリが、だきあうようにしてかくれているのが見えました。

*夜勤…夜に仕事をすること。*しょういだん…建物などを焼きはらうために作られたばくだん。*防空ごう…飛行機が落とすばくだんのひがいをさけるため、地面をほって作った、人がひなんするためのあな。

山田さんは、ほっとしました。あまりのおそろしさに二人は、火事が消えたのも知らずに、まだ、かくれているものとばかり思っていたのです。

「おうい、和子、ミドリ、出ておいで。もう、だいじょうぶだから。」

言いながら、山田さんはふいに、どきりとしました。そして、夢中でさけびました。

「和子！　ミドリ！」

でも、二人は、びくりともしませんでした。せまい防空ごうの中で、けむりに包まれて死んでいたのです。

「ミドリは、かわいそうな子だった。」

山田さんは、自分の足音だけが聞こえる校舎を歩きながら、そう、つぶやくことがありました。

二

学校の子どもたちに、ほとんど知られていない山田さんが、いちやく有名になる事件が起こりました。

夏休みのあるばん、いつものように、第一回の見回りをすませて、山田さんは、ふとんの中に入りました。

でも、暑苦しくて、すぐにはねむれません。うとうとしていると、どこかで、かすかな物音が聞こえました。

山田さんは、ふとんからはね起きると、そっと、ろうかを歩いていきました。

どろぼうかもしれない、と思うと、山田さんのむねはどきどき鳴りだしました。警備員の仕事を始めてから七年間にもなりますが、山田さんは、これまでに、一度も、どろぼうに出会ったことがなかったのです。

げんかんの前に来ると、今度は、はっきり、物音が聞こえました。たしか、職員室にちがいありません。

山田さんは、わざと、大きなせきばらいをしました。その音におどろいて、どろぼうがにげだしてくれれば、ありがたい、と思ったのです。

すると、ぴたりと、物音がやみました。もしかしたら、どろぼうはにげだしたのかもしれない、と、山田さんは思いました。

山田さんは、それから、ゆっくり職員室に近づいていくと、ガラリと戸を開けて、懐中電灯で、ぐるっと、部屋の中を照らしました。

「あっ……。」

山田さんは、それこそ、飛びあがるほど、びっくりしました。つくえの前に、黒い人かげが見えたのです。

「だれだ！」

山田さんは、どなりました。光に照らされた男は、わかい大きな男でした。男も、びっくりしたように、山田さんを見つめました。

「なにをしているんだ！」

また、山田さんはどなりました。でも、男はにげようとはしません。なんだか、少しうなだれているように見えます。もしかしたら、自分のしていることに、はっと気がついて、

「つい、でき心で、悪いことをしてしまいました。どうか、ゆるしてください。」

そんなことを言って、あやまるつもりかもしれない、と山田さん

は思いました。

そこで、山田さんがその男の前に近づいていくと、男は、いきなり、山田さんに飛びかかってきました。

「こら、なにをする！」

山田さんは、もう、夢中でした。上になり、下になりして、わか者と取っくみあいました。一度などは、首をしめられて、もう少しで、気を失いかけました。

そのとき、山田さんの目の前に、赤黒い、夜明けの富士山がうかんできました。おくさんと、むすめのミドリをなくしたとき、ながめた富士山です。すると、急に

「こんなことで、死んでたまるか。」

という気になりました。山田さんは、気を取りなおすと、力いっぱ

い相手をけりあげました。それから、起きあがると、気がくるったように、わか者につかみかかり、とうとうわか者を組みふせてしまいました。

三

『警備員のおじさん、大てがら。かくとうのすえ、どろぼうをとらえる。』

次の日の新聞に、その記事が大きく出ました。

それからというもの、子どもたちは山田さんを見上げました。いかにも、まぶしそうな顔をして、山田さんと会うと、ちょっと、その時の話を聞きたそうに、近づいてくる子どももいました。

「あれが、警備員の山田さんだよ。」

指を差して、大声で言う子もいました。

「山田さんは、あんなおじさんじゃないよ。」

「いや、本物だよ。」

などと、言いあっている子どもたちもいました。

山田さんは、ちょっとくすぐったい気持ちになりました。でも、決して、悪い気持ちではありませんでした。

ある日、山田さんが学校に出かけようとすると、知らない女の人がやってきました。

「警備員の山田さんですか？」

女の人は、山田さんを見つめて、そうききました。

「はい、そうですが……。」

山田さんがこたえると、

「じつは、お願いがあって、うかがったのですが……。」

女の人は、そう言って、話しだしました。

女の人には、今年九つになる女の子がいて、その子は三つのとき、めずらしい病気にかかって、体が動かせないのだそうです。そのため、学校に行くこともできず、家で、女の人が勉強を教えたり、一人でテレビを見たり、本を読んだりしていますが、

「一度でいいから、学校というものを、見てみたい。」

と言って、きかないのだそうです。女の人は、目をしばしばさせながら、山田さんに言いました。

「わたしもぜひ、あの子を学校に連れてってやりたいと思っています。でも、昼間、あの子をおぶって教室に入っていったら、きっと子どもたちが、じろじろ、あの子を見ると思います。そうした

ら、はずかしがりやのあの子は、泣きだしてしまうにちがいありません。どうしようかと思っていたとき、新聞で山田さんの記事を読みました。そうだ、山田さんにたのめば、だれもいない学校を見せてくれるかもしれない。

朝早くなら、変な目で、あの子を見る者もいないし、あの子だって、安心して、ゆっくりながめることができる。そう思いつくと、もうたまらなくなって、やってきたのです。」

「むすめさんの病気は、治らないのですか？」

と、山田さんは、きいてみました。

「はい、今の医学では、治る見こみはないそうです。」

山田さんは、しばらく、じっと考えていましたが、やがて、きっぱりと言いました。

「どうぞ、いらっしゃってください。朝早くうら門の戸のかぎをはずしておきますから。」

次の朝、女の子は女の人におぶわれて学校にやってきました。色の白い、かわいらしい子です。でも、はずかしがって、山田さんがなにを話しかけても返事をしません。

「では、一回りしてみましょうか。」

山田さんは、むりやり自分のせなかに、女の子をおぶうと、長いろうかを、ゆっくりと歩きだしました。

「ほら、ここは、一年生の教室です。一年生のかいた絵が、いっぱいあるでしょう。」

一年生の教室の戸を開けて、山田さんは、女の子に説明しました。

「ここが、理科教室。実験に使う道具が、たくさんならんでいます

1ねん1くみ

に。」

「ね、マユミちゃん、わかったでしょう。学校って、とっても大きなところなのよ。」

後ろから、お母さんが、一生けんめい話しかけます。でも、女の子は、だまって、黒い大きな目で、教室の中を見回しているだけです。

「ここが、四年生の教室……。」

言いながら、山田さんは、もし、この子がこんな病気にかからなければ、今ごろおおぜいの子どもたちといっしょに、この教室で勉強していたのかもしれない、と思いました。すると、戦争で死んだむすめのミドリだけでなく、今も不幸な子どもたちが、世の中におおぜいいることに、山田さんは気づきました。

朝の光が、まどからカーテンを通して、教室にさしこんでいます。すずめたちの、にぎやかに鳴きさわぐ声も聞こえてきます。

「なんとかしてこの子の病気は良くならないだろうか。」

山田さんのむねは、そのことでいっぱいになりました。教室を一回りすると、三人は、校庭に出ていきました。校庭には、まだ、だれのすがたも見えません。朝の太陽が、静かにあたりを照らしているだけです。

そのとき、ふと、山田さんの目は、遠い山の向こうにかがやく、富士山のすがたに引きよせられました。

「そうだ、治るとも。今にきっと治る。なにしろ、人間が月にまで飛んでいける世の中だもの。」

山田さんは、そう気がつくと、せなかの女の子をゆすりあげて、さけぶように、言いました。
「ほら、見えるでしょう。あそこに、きらきら光って富士山(ふじさん)が……。」

大石　真（おおいしまこと）　一九二五年埼玉県に生まれる。主な作品に『チョコレート戦争』『駅長さんと青いシグナル』『さとるのじてんしゃ』『教室二〇五号』、『風信器』（日本児童文学者協会新人賞）、『見えなくなったクロ』（小学館文学賞）などがある。一九九〇年没。

出典：『4年の読み物特集号』所収　学研　1969年

お化けはいる!?　日本のお化けたちがぞくぞく登場します！

日本のお化け話

作・土家由岐雄

絵・大庭賢哉

さとりお化け

世の中はまことに広いもんで、不思議なこともあれば、また、変わった化けものも、おる。

むかし、おけ屋がおった。おけを作るには、木の板を丸くかこみ、その板が外へはずれぬよう、竹であんだ輪をはめるのじゃ。

ある日。おけ屋は、山の竹

林のわきで、ストトン、ストトンと、木*づちで、竹の輪を上からたたき、おけの周りにはめこんでおった。

するとな、だれかが、ぬうっと目の前に立っただ。

おけ屋は手を休めて見上げると、こしをぬかすほど、ぶったまげたぞ。

立っているのは人間ではねえ。全身毛だらけの化けものじゃ。真っ黒けの毛をぞろりっと長くたらして、どこが頭やら手足やら、まったく見分けがつかぬ。

(ひゃあ。おまえはだれじゃい。)

と、さけぼうとすると、そいつが言ったぞ。

「今、おまえはだれじゃい、とさけぼうとしたろ。おれは、山のさとりというものだ。」

（おれを食いころす気か。）

と、言おうとすると、

「おれを食いころす気か、と言おうとしたろ。」

と、また言った。

（どうすべい。変なやつが来た。）

と、思うと、

「どうすべい。変なやつが来た、と思ったろ。」

と、またまた言いあてるだ。

おけ屋は声を上げて、泣きたくなっただ。心の中で思うことを、

さとりというやつが、ずばり、ずばりと言いあててしまうのだ。

（にげることもできぬぞ。）

と、思うと、

＊木づち…木でできた、ものを打ちたたく道具。

「にげることもできぬぞ、と思ったな。」

と、にらみつけた。

おけ屋(や)は、丸く作った竹の輪(わ)をつかみしめて、がくがくとふるえだした。そのひょうしに、竹の輪(わ)が、びゅんとほぐれて、さとりの横(よこ)っ面(つら)を、ぴしゃりと打(う)っただ。

さとりは、飛(と)びあがってさけんだぞ。

「うわあっ。人間は、思ってもおらぬことをするやつだ。おそろしや、おそろしや。」

と、山おくへ、すっとんでにげていったそうじゃ。

山うばの糸車

むかし、むかし、兄と弟の仲(なか)の良(よ)いりょうしがおった。どちらも鉄ぽううちが上手じゃった。

「兄きどんや。」

「なんだね。」

「このごろ、真夜中になると、森のぬまの向こうから、ブーン、ブンブンと聞こえる音は、なんじゃろな。」

「おれも不思議に思っとる。糸車*の回る音じゃが、森には家一けんないはずじゃ。」

「今夜、おれ、行ってさぐってくる。」

「やめろ。森のおくには人食いの山うばがいるといううわさでねえか。人をおびきよせて、食うんだべ。」

「そんな山うばは、なおさら退治せにゃならん。今夜行くぞ。」

「じゃあ、おれも行くか。」

＊糸車…糸をつむぐときに使う道具。

「兄きは家でねておれ。山うばなんぞ、おれにまかせておけ。」

その夜も、ブーン、ブンブンと、あやしげな音が、またも森からひびきはじめた。

弟は鉄ぽうにぎってな、たま十発持って、目を光らせて家を出ていったぞ。

兄はねずに、家で耳をすませておった。

するとな、ややすぎたころ、鉄ぽうの音が一発、パパーンと、やみ夜にひびきわたった。

だがな、あいかわらず、ブーン、ブンブンと、糸車の音は聞こえておる。

兄は少し心配になったぞ。すると、

パパーン、パーン

と、今度は二発、続けざまに起こったぞ。

それでも糸車の音はやみはせぬ。

ブーン、ブンブン、ブーン、ブンブン……。

三発、五発、十発と、兄は家で聞き耳立てて、弟がうった数を数えておった。

「弟め、たまがつきたぞ。どうする気だ。」

ブーン、ブンブン、ブーン、ブン……。

糸車は音も変えずに鳴っておる。

「こりゃいかん。早くにげかえってこい。」

兄は立ったり、すわったり、一晩じゅう待ったが、弟はついにもどってきよらん。

兄は夜明けと同時に鉄ぽうかかえて、森へ走ったぞ。だが糸車の音もなし、家もなし、弟のすがたも見つからん。

「弟、どうした。どこにおるか。返事せい。」

と、さがしまわったが、わからん。そして夜になると、またも糸車の音じゃ。

兄はその音めざして進むと、ぬま向こうに太いけやきがそびえたっておる。その太いえだの上に、しらが頭のばあさんが一人、糸車を回してすわりこんでおる。

風のない、やみ夜の森じゃというのに、糸車とばあさんのすがただけが、ぼおっと青白く光っておる。

「やはり、山うばの化けものじゃぞ。」

兄は、ばあさん目がけて、一発ぶっぱなした。

ばあさんは、こちらを向いて、にやりと笑ったぞ。その口が、耳まで赤くさけておって、笑いながら、ブンブンと糸車を回しておる。

兄はもう一発ぶっぱなした。たしかに当たったはずじゃのに、ばあさんは、またもにやりとしてブーンブン。

兄はぞーっとした。これはいかんと感じて引っかえして、村一番の年寄りのじいさんの家へ走った。じいさんは元りょうしじゃった

が、目を悪くして、*わらじを作る仕事を、手さぐりでしておった。

兄は戸をたたいて飛びこんだ。

「じいさん、じいさん、どうぞ力かしてくれえ。」

と、これまでのあやしい出来事を話しただ。

じいさんは、うなずいて教えたぞ。

「化けものというものはな、自分のすがたをかくし、かげをおどらせておるもんじゃ。ばあさんはかげじゃから、そのわきの糸車の真ん中をうってみよ。それが本物じゃ。」

兄は礼をのべた。目が不自由でも、年寄りはえらいもんじゃと感心して、もう一度、森へ走った。

ばあさんは、まだおった。木の上で、しらが頭をふりふり、ブーンブンと糸車を回しておる。

兄はしっかりとねらいを定めて、糸車の真ん中へ鉄ぽうをぶっぱなしたぞ。すると、いきなり、

ギャギャ、ギャーッ！

という悲鳴が森じゅうにひびきわたって、ばあさんも糸車も消えうせた。あとは、物音一つない静かな森に変わっただ。

よく朝、その大木の下に、一ぴきの大ひひざるが、むねをうちぬかれて死んでおった。だが弟のすがたはついに見つからなかったということじゃ。

海のゆうれい

わしは、もう六十をすぎたで、船から陸へ上がって、今は、はまで、のんきにあみのつくろいなどしておるが、昔は海で、ずいぶんこわ

＊わらじ…わらをあんで作るはきもの。

い目に出合ったもんじゃ。

瀬戸内海に水島なだというところがある。雨のしょぼしょぼふる夜など、船がそこを通ると、必ず船ゆうれいが出るのじゃよ。

ゆうれいといっても、ほねばかりにやせ細った白いうでが、海から百も千ものびてな。

「ひ*しゃくをかせえ。」

「ひしゃくをかせえ。」

と、指をとじたり開いたりして、せまってくるのじゃ。

遠い昔、*源氏と平家が屋島で戦ったとき、海へしずんで果てた武士たちのゆうれいじゃそうな。

わしたち海のあらくれ男どもも、その気味悪さに耳をふさいで船を走らせるのだが、にげてもにげても、その声と、白いうでとが、

海から出たり引っこんだりして追ってくる。
「えい、もう、おれ、がまんがなんねえ。」
と、気の弱い者が、一本でもひしゃくを投げたら、たいへんじゃ。
そのひしゃくが、たちまち百にも千にもふえて、手に手ににぎられ、

＊ひしゃく…水や湯をくむ道具。＊源氏と平家が屋島で戦った…今から約八百年前、源の一族と平の一族が、今の香川県の屋島で戦って平の一族が負けた戦。

「船しずめえ、しずめえ。えいさ、えいさ。」

と、水をかけてくるのじゃ。たまったもんじゃねえ。船は見る間にしずんでしまうのじゃ。

だから、わしたちは水島なだを通るときは、一本の底なしひしゃくを用意していったものじゃ。底なしひしゃくなら、水は入らんし、ゆうれいどもにかしてやっても、平気じゃからな。わっはっは。

たぬきと山ぶし

むかし、むかし、一人の山ぶしが、山道を歩いておった。

山ぶしとは、山や野っ原で、心と体をきたえるぼうさんじゃ。だから、けわしい山道など、飛ぶように走れるものじゃ。

だが、その日は、うららかな良い天気じゃったから、山ぶしは、おぼろにかすむ四方の山やまをながめながら、ゆったり、ゆったり、山道を登っておった。

するとな、道ばたのすぎの木の下で、たぬきが一ぴき、ねておった。木の根っこをまくらに、フウスカ、フウスカと、昼ねのさいちゅうじゃった。

山ぶしは、いつもなら見向きもせんで、さっさと通りすぎるのじゃが、その日はのんびりとしておったせいか、たぬきをちょいとからかいたくなったのじゃ。

「こいつを、ふいにおどしたら、どんなかっこうをするじゃろか。うふふ、これはおもしろいぞ。」

山ぶしはな、こしにさげたほら貝を手に取ると、たぬきの耳に、そっと近づけて、力いっぱいふき鳴らした。

ぶおおーん。

たぬきは、ぶったまげたぞ。きもをつぶすほどおどろいて、一メートルもとびあがったぞ。そしてな、山道を転がるように走って、やぶの中へにげこんだ。そのとき、覚えておれというように、山ぶしをにらみつけて、やぶの中へ消えうせたのじゃ。

「わっはっはっ。おもしろや、おもしろや。」

山ぶしは天に向かって大笑いすると、またのんびりと歩きだした。

間もなく、山のてっぺん近くに来たとき、どうしたわけか、あたりが夕ぐれのように暗くなってきたのじゃ。

「はてな。まだ昼を少しすぎたばかりじゃのに……。」

不思議に思っておるうちに、空に星がチカチカして、真っ暗やみの夜になっただ。

「さあて、こまったぞ。どこかとまる場所をさがさねばならんぞ。」

あたりを見回しておると、下の方から、チンカン、チンカンと、かねを鳴らして、白い衣を着た人たちが、ちょうちんの明かりをならべて登ってくるのじゃ。

「やれやれ、こんな山の中へ、そう式の行列がやってきたぞ。おきょうでもたのまれては、たまらぬわい。」

山ぶしが、にげ場をさがすとな、すぐそばのぬまのふちに、太い松の木が生えておった。山ぶしは、その上によじ登って、身をかくした。

するとな、そう式の行列は、その松の木の下で、ぴたりと止まったのじゃ。かんおけをかついできた人たちが、松の根元をほって、かんおけをうめた。そして、土をかけてな、なんまいだぶ、なんまいだぶと、おきょうを唱えて、ちょうちんの明かりをならべ、静かに山を下りていったのじゃ。

「やれ、こまったわい。死人の上に下りるのか。」

山ぶしが木からずりおりようとすると、ふいに、根元の土がザワザワともりあがったのじゃ。中からかんおけがあらわれて、白い衣を着た死人が、ふたを開けて、フラフラと立ちあがった。

「山ぶしめ、そこにかくれておったかや〜。」

死人は気味の悪い声で言うと、すーっと細い手をのばして、山ぶしの足をつかもうとしたのじゃ。

「ひゃあっ!」

山ぶしは、きもをつぶしてひとえだ上へつかみ登った。死人は、また、白い手をすーっとのばして登ってくる。

山ぶしは、もう泣き声を上げ、上へ上へと、めちゃくちゃににげ登っただ。登っても登っても、すぐあとから、死人が白い手をのばして追ってくる。そしてな、とうとう、冷たーい手が、山ぶしの足をつかんだのじゃ。

「助けてくれえ！」

山ぶしは、夢中で木のてっぺんの細いえだをつかんだからたまらない。えだが折れて、山ぶしはぬまの中へ、ボチャーンと、水音高く落ちこんだ。

ずぶぬれになってはいあがって気がつけば、お日様は頭の上に明るく照っていて、どこかで山鳥が鳴いておる昼下がりじゃ。死人など、どこにもおらぬ。

「たぬきに仕返しされたか。これは、参った。」

山ぶしは頭からしずくをたらし、水で重くなったほら貝をこしにつるして、とぼとぼと山を下りていったということじゃ。


土家由岐雄（つちやゆきお） 一九〇四年東京に生まれる。主な作品に『かわいそうなぞう』、『東京っ子物語』（野間児童文芸賞）、『ネコの水てっぽう』『げたをはいたゾウさん』などがある。一九九九年没。

出典：『4年の読み物特集』所収　学研　1984年

ろくでなしの六さんと、六さんがかわいがった九官鳥の物語。

六さんと九官鳥

作・西条八十

絵・くすはら順子

一

＊甲州街道の高井戸の宿に、六さんというわかい呉服屋が住んでいました。お父さんが死ぬときにたくさんの財産とりっぱな店を残しておいてくれたので、六さんは早朝からばんまで荷物をかついで歩いたりしなくとも、楽に遊んでくらせるようになっていました。

ある朝、六さんが店先でたばこをすっていますと、一人の見慣れないいなか者がズッと入ってきて、

「だんな、いかがでしょう？　九官鳥を一つ買ってくださいませんか。」

と言いました。見るとその男の右手にさげたかごの中には、真っ黒な、目のするどい鳥が一羽入っていました。

「そんなものはいらないよ。」

と、六さんはすげなくことわりましたので、その男はだまって頭を下げて出ていこうとしましたが、そのとき、なに思ったか、かごの中の九官鳥は急に声を上げて、

「ロク、ロク。」

と、鳴きました。

＊甲州街道…江戸時代の五街道の一つで、江戸日本橋から長野県の下諏訪までの道。
＊九官鳥…ムクドリ科の鳥で原産地はアジアの広い地域。ものまねがじょうずな鳥。

「オヤ、この鳥はおれの名前を知ってるぜ。」
と、六(ろく)さんはおどろいて、
「してみると、おれにえんのある鳥かもしれないから、買っておいてもいい。いったいいくらなんだい。」

と、そのいなか者をよびとめてききました。

「ハイ、お安くおまけ申しまして八円でよろしゅうございます。」

いなか者はペコペコおじぎをしながら、こう返事をしました。

六さんは言われたとおりのねだんで九官鳥を買いとり、新しいかごに入れて店先へつるしておきました。

なにしろ人通りの多い街道のことですから、朝にばんにいろいろな旅人がめずらしそうにかごをのぞきこみ、この、人の言葉をまねる鳥をしきりにからかっていきました。中には「おまえさんはだれだ？　おまえさんはだれだ？　高井戸の六さん」などという言葉をたんねんに教えていく人もありました。

りこうな九官鳥はいつかこの言葉をすっかり覚えこんでしまいました。そうして水や食べもののほしいときには、くちばしでかごの格子をつっつき、白目をギョロつかせ、首をふって、「おまえさんはだれだ？　おまえさんはだれだ？　高井戸の六さん」と鳴いてねだるようになりました。

さて、六さんには一つ悪いくせがありました。それは生まれつきかけごとが大好きなことでした。そのくせがしだいにはげしくなって、しまいには商売の呉服屋なんぞはそっちのけで、毎日おおぜい仲間を自分のうちのおくざしきへ集めて、かるたなどをしてはお金のやりとりばっかりするようになりました。

九官鳥はもうそのころにはすっかりうちの人になれきって、かごから出てうちじゅうをどこもかも飛んであるくようになっていました。それでよくおおぜいの人の集まっているおくざしきなどへも入りこんで、かけごとをやっているそばで、チョコナンとして見ていました。

かけごとを一心にやっている連中は、だれか、そのうちの一人が勝ってたくさんのお金をもらうと、声をそろえて、

「ちくしょう！　うまいとこをしめたな！」

とさけぶのでした。九官鳥はいつかまたその言葉をも覚えこんでしまいました。そうして今度は、前に覚えた言葉につけたして、「おまえさんはだれだい？　おまえさんはだれだい？　高井戸の六さん！　ちくしょう！　うまいとこをしめたな！」と鳴くようになりました。

その間に六さんはかんじんの商売をほったらかしで好きなかけごとばかりしていたものですから、お客はなくなる、店の品物はごまかされる、そのうちには悪い者にだまされたりなどして、とうとう

*一文なしになってしまいました。

六さんはとほうにくれて東京へ出てきました。そうして土方の仲間入りをしました。親分のうちのきたない二階に置いてもらって、朝は早くから夜おそくまであせをダラダラ流しながら、どろをほったり、石をかついだりして働いていました。けれども例の九官鳥だけは長い間のなじみで、どうしてもかわいくて手放す気になれず、自分のわずかな食べものを分けてやってもやっぱりそばにかってい*ました。

ほかの土方たちは、六さんのどことなく品のいいようすと、またそばにいる九官鳥を見て、これはもとからの土方ではないと思い、おりおり、

「なんでこんなところへ来たんだ?」と、たずねました。六さんは

*一文なし…文はむかしの日本のお金の単位。お金をぜんぜん持っていないこと。
*土方…土木工事の仕事をする労働者。

こう言われるといつも悲しそうな顔をして、

「ツイ悪い友だちにさそわれてネ」とこたえるのでした。

ぬけ目のない九官鳥は、*またぞろこの二つの言葉を覚えこんでしまいました。そうして食べものをねだるたびごとに、前に覚えた言葉につけたして、「なんでこんなところへ来たんだ？　ツイ悪い友だちにさそわれてネ」としゃべるようになりました。

二

なれない体で毎日ほねの折れる仕事をやったものですから、六さんはやがて病気にかかり、それがだんだん重くなって、ついには、ねたっきり動くこともできないようになってしまいました。

ある秋の日の夕ぐれ、六さんはねどこの中で、熱のかげんでウトウトしていました。するとまくら元のかごの中にいた九官鳥は、これも二日ばかり食べものも水ももらわないので、がまんしきれなくなったとみえ、くちばしでガタガタかごの格子をつっつきながら、

「おまえさんはだれだ？　おまえさんはだれだ？　高井戸の六さん。ちくしょう！　うまいとこをしめたな！　なんでこんなところへ来たんだ？　ツイ悪い友だちにさそわれてネ」と続けざまにどなりたてました。

ジッとこの鳥のことばを聞いていた六さんのむねには、にわかに自分が今日まで送ってきた、おろかな生がいのことがうかびあがりました。

「ああ、なんておれはばかなまねをしたんだろう！　お父さんがあんなたくさんの財産をおれに残してくれたのに、うちの者や親類

＊またぞろ…またまた。またしても。

の*いさめをも聞かず、かけごとばかりしてこんな土方にまで落ちぶれ、そのあげくこのきたならしい二階で死ぬなんて。ああなさけないことだ！」

六さんはわいてくるこうかいの念に思わずまくらにしがみつき、大つぶのなみだをポロリポロリこぼして、男泣きに泣きました。

しばらくたってから、六さんはなみだでぬれた顔を上げて、

「そうだ、おれは生まれてから今までに一つだっていいことをしなかった。だが死ぬ前に、せめて一つだけいいことをしていこう。そうだ、この九官鳥を自由なからだにしてやろう。」

こうつぶやいて六さんは、ヨロヨロねどこからはいだし、やっとのことでかごに取りつき、ぶるぶるふるえる手でそのふたを取りました。そうして九官鳥をつかまえてまどから、

「サアどこでも好きなところへ行け！」と言って放しました。そうしてハタハタうれしそうに飛んでいく鳥の後ろかげを見送ったあと、六さんはさも安心したように、ねどこへもどって死んでしまいました。

まどから放された九官鳥は、初めて自由な身になったので、うれしさにあっちへ飛び、こっちへ飛び、屋根から屋根をわたって、どことあてもなく飛んでいきました。するとやがて人家のつきた広びろとした野原へ出ました。このときにはもう日がとっぷりくれて、空には星がすずしそうにかがやいていました。九官鳥はすっかりいい気持ちになって、羽を広げて、なおも草の上をいきおいよく飛んでいきますと、急に白いあみのようなものにハタとつきあたりまし

＊いさめ…まちがいや欠点などを直すように言うこと。

た。そうしてそれなり首もてあしも、なにかにからみついたようになって、出ることも引くこともできなくなってしまいました。

そのうちに夜が明けて、あたりが明るくなってきました。

九官鳥(きゅうかんちょう)が身(み)の回りを見ると、自分が野原にはってあるかもをとるあみに引っかかっていることに気がつきました。

のぞくと自分の下の方には、かもが何羽となく、やはりあみの目に首をつっこんでギャーギャー鳴いていました。やがて、やぶのかげから、一人の百しょうが出てきました。

「ヤア、たいそうかかっているなあ。」

と、その男はうれしそうに言いました。それからあみでかもや九官(きゅうかん)鳥(ちょう)をくるんで、かたにかついで、トコトコ歩きだしました。

百しょうがもどってきたのは、一けんの物置(ものおき)のような小屋(こや)でした。

その中へ入ると、百しょうは、入り口の戸やまどをしめきって、バタバタあみをふるいだしました。

かわいそうな鳥たちはみんな鳴きながら転がりおちました。九官鳥はすばやく飛びおりて、かげのところへかくれていました。

そのうち百しょうがあんまり手あらなことをするのでおこったのか、一羽のかもがギャッと言って、その手のこうをつっつきました。

「いたい！」

と百しょうは声を上げましたが、すぐ大おこりにおこって、

「こいつめ！　どうするか見てろ！」

と、どなりざま、そのかもの首をギュッとしめてころしてしまいました。そのときです。すみの暗いところをボツボツ歩いていた九官鳥は、だしぬけに声を出して、

「ちくちょう！　うまいとこをしめたな！」と、言いました。

びっくりしたのは百しょうで、キョロキョロあたりを見回し、

「ハテ、たしかに声がしたが、この＊納屋(なや)にはおれよりほかにだれもいないし、戸はしまっているし、どうも不思議(ふしぎ)なことがあるものだな。」

とつぶやきましたが、べつに人のいる気配(けはい)もないので、＊それなりまたほかのかもに手をかけようとしました。するとそのとたん、

＊納屋(なや)…ものを入れてしまっておく小屋(こや)。
＊それなり…そのまま。

九官鳥はうす暗いところから、もう一ぺん
「ちくしょう！　うまいとこをしめたな！」

と鳴きました。

百しょうはおどろいてぼう立ちになりました。そうして声の方を向いて、

「おまえさんはだれだ？」

と、たずねました。と、声におうじて
「高井戸の六さん！　高井戸の六さん！」

と、九官鳥がこたえました。

「なんでこんなところへ来たんだ？」

百しょうはおっかなびっくりおしかえしてききました。

「ツイ悪い友だちにさそわれてネ。」

と、九官鳥の声がハッキリ返事しました。

うす暗がりをのぞいて、そこに人っ子一人いないのを見た百しょうは、真っ青になってガタガタ身をふるわせ、

「たいへんだ！　たいへんだ！　化けものだ！」

と、どなって、まっしぐらに納屋の外へにげだしました。

九官鳥を先頭にしたかもの一群れは、ゾロゾロ百しょうのあとについて納屋から出てきました。そうして、もう一度晴れわたった秋空高く、そろって飛んでいきました。


西条八十（さいじょうやそ）　一八九二年東京に生まれる。大正・昭和時代の詩人。主な作品に、詩集『砂金』『一握の玻璃』『赤い鳥名作集』『西条八十童謡全集』などがある。一九七〇年没。

出典：『新選日本児童文学1』所収　小峰書店　1973年

詩（し）

わたしはたねをにぎっていた

作・山村暮鳥（やまむらぼちょう）

わたしは　たねを　にぎっていた
なんのたねだか　しらない
いつから　にぎっているのか
それも　しらない

絵・古知屋恵子（こちやけいこ）

とにかく　どこにか　まこうと
そして　あおぞらを　ながめていた
あおぞらを　ながめているまに
たねは　ちいさなめを　だした

山村暮鳥（やまむらぼちょう） 1884年群馬県に生まれる。主な作品に、『風は草木にささやいた』『梢の巣にて』『雲』『月夜の牡丹』などがある。1924年没。

出典：『山村暮鳥詩集』所収　彌生書房　1966年
＊現代かなづかいにかえています。

大熊座と小熊座を見つけたくなる星座の古代ロマン。

悲しみの母子星

ギリシャ神話　文・岡　信子

絵・鈴木博子

女神のアルテミスは、かりが大好きだった。いつも、おともようせいを引きつれて、勇ましく、野山をかけまわっている。

おともようせいたちは、みんな美しいむすめばかりだった。とくに、女神のお気に入りは、カリストというようせいだった。

カリストは、ずばぬけて美しく、勇かんだった。そのうえ、かりのうで前ときたら、それはもう、たいしたものだった。

今日も、カリストが大きなしかをいとめたので、女神は、上きげんだった。

「カリスト、おまえは、ほんとうにすばらしいうでをしていること。わたしは、おまえとかりに行くのが、なによりも楽しい。おまえがねらったえものをいとめたときは、むねがすーっとして、いやなことなど、なにもかもわすれてしまうほどだよ。」

「ありがとうございます、女神様。おほめいただき、うれしゅうございます。」

カリストは、ぽっとほおを赤らめ、深々と頭を下げた。

〝わたしは、ほんとうに、幸せ者だわ。女神様は、いつも、こうして、やさしいお言葉をかけてくださる。わたしの一生を、女神様に、ささげてよかった！〟

カリストは、だれよりも、女神をうやまっていた。

そこで、

〝わたしは、身も心も女神様にささげ、一生、結婚せずにお仕えいたします。〟

と、固くちかいを立てていたのだった。

☆

ある、あたたかい春の日のこと、カリストは、一人で森へ散歩に出かけた。

花をつんだり、ちょうを追いかけたり、まるで、子どものように飛びまわっているうちに、すっかり、つかれてしまった。

「ちょっと、ひと休み。」

いずみのほとりに横になったカリストは、ついうとうとっと、ねむりこんでしまった。

そのとき――思いがけないことが起こってしまった。

神の世界で、とくに大きな力を持っている大神ゼウスが、カリストのそばを通りかかり、ひと目で、好きになってしまったのだ。

「なんと美しいむすめだろう。そうだ、たしか、このむすめは、かりの好きな女神に仕えていたはずだ。よし、女神に化けて、近づいてやれ。」

大神は、女神に変身すると、カリストをゆりうごかしながら、ねこなで声で、

「さあ、起きて。こんなところでねていてはいけません。わたしのそばへいらっしゃい。」

「まあ、女神様。」

目を覚ましたカリストを、大神は、むりに手に入れてしまった。

大神の子を身ごもったカリストは、はずかしくてたまらなかった。

「うっかり、あんなところで、うたたねをしたのがいけなかったんだわ。ああ、どうしたらいいだろう。」

なやんでいるうちに、ついに、女神に気づかれてしまった。

「カリスト、おまえは、とんでもないむすめだ。うらぎり者の顔など見たくない。さっさと、わたしの前から、消えておしまい。」

いくらあやまっても、女神のいかりは、とけなかった。

カリストは、ひっそりと森のおくに身をかくすと、そこで、子どもを産みおとした。元気なかわいい男の子だった。

子どもが生まれたことを知ると、女神のむねに、また、むらむらと、いかりがこみあげてきた。

「どうにも、がまんができない。うらぎり者は、こらしめなければ。」

女神は、森へ出かけていくと、カリストに向かって、次々と、おそろしいのろいの言葉を浴びせかけた。

カリストは、なみだにくれながら、

「おゆるしください、女神様。」

と、女神に、両手を差しのべた。

すると、どうだろう！

カリストの白いはだに、見る見るうちに、真っ黒い毛が生えはじめたではないか。そればかりか、すすり泣く声も、しだいに、動物の声に変わっていったのだ。

女神は、カリストを、熊に変えてしまったのだ。熊になったカリストは、悲しげに女神を見つめると、とぼとぼと森のおくへ、すがたをかくしてしまった。

☆

カリストが残していった男の子は、アルカスと名づけられた。アルカスは、ようせいに育てられて、無事に、りっぱなわか者に成長した。

十五歳になったとき、アルカスは、初めて一人でかりへ出かけた。

「よし、大物をいとめてやるぞ。」

アルカスは、はりきって、森のおくへつきすすんでいった。

とつぜん、大きなかしの木のかげから、熊がとびだしてきた。

「すごいえものだ。」

アルカスは、目をかがやかせると、急いで、弓を熊に向けたのだ。

すると、熊は、にげようともせずに、なつかしそうに、アルカスを見つめるではないか。

じつは、この熊（くま）は、アルカスの母だったのだ。でも、なにも知らないアルカスは、矢をいろうとした。そのとたん――びゅう――と、ものすごい風がふいてきた。

「ややっ、なんという風だ。これでは、目も開（あ）けてはいられないぞ。」

風を送（おく）ってきたのは、高い山の上から、母子（ははこ）のようすを見ていた大神（たいしん）だった。

「アルカスは、わしの息子（むすこ）。息子（むすこ）に、母親をころさせるわけにはいかない。なんとかしなければ……。」

そこで、大神（たいしん）は、風を母子（ははこ）にふきつけたのだった。

☆

風は、熊（くま）とアルカスを、空の上へ上へとまきあげていった。二人

を見ているうちに、大神は、母子がかわいそうになってきた。
「そうだ、あの二人を、星にしてやろう。」
大神は、アルカスも熊に変えると、さけんだ。
「母と子よ、星になれ!」

美しい星座となった母子は、地上での悲しみも苦しみもわすれ、
それから、ずっと、かがやきつづけている。
今夜も、ほら、あんなにきらきらと大熊座と小熊座が……。

*大熊座…北の空の北斗七星をふくむ星座。 *小熊座…北極星をふくむ七つの星からできている星座。

【ギリシャ神話について】 ギリシャ神話は、うちゅうの誕生や、オリンポスの神々、人間のえいゆうなどのお話です。のちの西洋文化に多大なえいきょうをおよぼしました。

岡 信子(おかのぶこ) 一九三七年岐阜県に生まれる。主な作品に『はなのみち』『リーンローンたぬきバス』『海の見える観覧車』『やさしいにくまれっ子』『おおきなキャベツ』などがある。

出典:『5年の読み物特集』所収 学研 1981年

ぞうの顔を持った人気者の神様のひみつをとく物語。

ガネーシャ物語

インドの神話　文・鈴木千歳

絵・マノジュ・マントリ

インドの寺院では、いろいろな神様の像が、あちこちにかざられています。

その中でも、ぞうの顔をした「ガネーシャ神」は、大人にも子どもにも、たいへん人気があって、大切にされています。

からだは、人間の形をしていますが、首から上がぞうなのです。顔の真ん中には、長い鼻がくっついて、おなかは真ん丸く、つきでています。

どうして、こんなゆかいなかっこうの神様になったのでしょうね。

大昔、インドに、シバというさまざまな能力を持つ、たいへんえらい神様がいました。そのおきさきは、パールヴァティーという女神様でした。シバ神には、おおぜいの家来がいましたが、つまのパールヴァティーには、自分の命令を聞いてくれる、おつきの人がいませんでした。

そこで、パールヴァティーは、考えました。

「わたしは女神様よ。なんでも言うことを聞いてくれる者をつくりましょう。」

パールヴァティーは、夫のシバ神が留守の間に、からだのあかをねん土のようにこねて、人形を作りました。その人形に、プーと命をふきこむと、人形は男の子になったのです。

「おまえは、わたしの息子だよ。」

と、パールヴァティーは言いました。

それから、さっそく息子に命令しました。

「わたしが入浴している間、だれも入ってこないように門の前で、番をしなさい。」

「はい、わかりました女神様。」

ところが、ちょうどそのとき、シバ神が帰ってきました。

シバ神は、門まで来ると、知らない門番に追いはらわれてしまいました。

「なんということだ。」

おこったシバ神は、門番と戦い、とうとうその首を切りおとしてしまいました。

これを知ったパールヴァティーは、ぷんぷんにはらを立てました。

「ああ、かわいそう。わたしの息子を生きかえらせてくださいよ。」

「悪かった。ゆるしておくれ。あの門番が、おまえの息子だとは、知らなかったのだよ。」

こまったシバ神は、家来に命令しました。

「北に向かって進んでいけ。そして、最初に出会った生きものの首を持ってくるように。」

家来たちが、北の方に進んでいくと、最初にやってきたのがぞうでした。そのぞうの首を持ちかえって、シバ神に差しだしました。

シバ神が、さっそく門番の体にぞうの首をくっつけると、門番は、息をふきかえしました。

こうして、生きかえったのが、ぞうの頭をした「ガネーシャ」です。

パールヴァティーは大よろこび。シバ神は、「ガネーシャ」に言いました。

「おまえを、シバ神一家の長男にしよう。人々から障害を取りのぞき、富と成功をもたらす、とうとい神様になりなさい。」

　こうして門番だった「ガネーシャ」は神様となりました。この由来から、今でも、インドの人々は、新しいことを始めるときや、旅行に出かけるときにも、わざわいがふりかからないように、前もってガネーシャ神においのりをします。また、商売がはんじょうするように、商店の店先にはガネーシャ神の像や絵がたくさんかざられています。

　そして、ガネーシャ神はちえと学問の神様としてもそんけいされています。それにはこういうわけがありました。

　大昔、「*マハーバーラタ」という、世界でもいちばん長い物語が語りつたえられていたころ、その語り手であったヴィヤーサというとうとい仙人は、だんだん年をとってきました。

「ああ、わたしも年をとったものだ。もう、あの長い長い物語を暗記して、最後まで語りおえるには、つかれるようになってしまった。だれかこの物語を書きとめてくれる者はいないだろうか？」

すると、一人の弟子が言いました。

「ガネーシャ神にたのむといいですよ。ガネーシャ神は大きなぞう、の耳を持っているから、小さな声でもよく聞きとることができます。それに、手が四本あるので、どんどん書きすすむことができるでしょう。」

そこで、ヴィヤーサ仙人はガネーシャ神に、物語を書きとめる書記になってもらうことにしました。

でも、約束がありました。ヴィヤーサ仙人が物語を語りはじめると、けっしてとちゅうで書く手を休めてはいけないし、席をはなれてもいけないというのです。

＊マハーバーラタ…古代インドの叙事詩。五人の王子と百人の王子が戦う、二十万行以上からなる世界でいちばん長い物語といわれている。

ガネーシャ神はたくさんのペンをじゅんびして、一心不乱に、ご飯も食べず、ねむりもしないで、何日も何日も、やしの葉の上に物語を書きつづけました。

とうとう、じゅんびしたペンが、みんなこわれてしまいました。

「さあ、こまった、どうすればいいだろう？」

そのとき、ぱっと頭にひらめきました。

「そうだ、これで書こう。」

ガネーシャ神は、自分のきばを一本折って、その先をインクつぼにつけ、きばのペンで書きつづけたのです。夜明け近くになって、やっと長い長い物語がおしまいになりました。ほっとしたガネーシャ神は、急いでご飯をはらいっぱい食べ、そのままぐっすりねむりました。

こうして、いだいな物語「マハーバーラタ」を書きおえたので、ガネーシャ神は学問の神様となりましたが、その神像のきばのかた方が折れているのは、このとき、きばをペンに使ったからなのです。

ガネーシャ神は、なんでも食べる大飯食いなので、そのすがたはおなかが真ん丸くつきでています。

大きなからだで、まるまる太ったガネーシャ神が、いつも乗っているのが、小さなねずみ。ねずみは、もとは人々をこまらせる悪い神でした。あるとき、ねずみが悪いことをして、ガネーシャ神にひどくおこられました。ねずみはこうさんして、家来になりました。

誕生日のお祝いのとき、ガネーシャ神は大好きなあまいおかしの*モダクをごちそうになりました。たらふく食べて、ねずみに乗って

*モダク…モダクは、米のこな、ココナッツから取りだした黒ざとう、香味料のカルダモンの種、かんそう果物で作ったおかし。

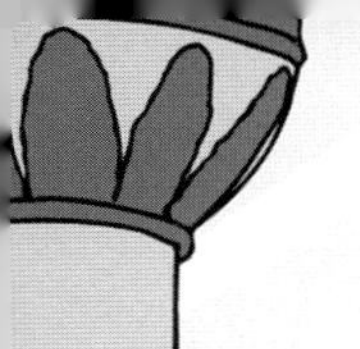

家に帰ってくるとちゅう、一ぴきのへびが道を横切りました。

ねずみは、びっくりして、とびあがり、そのはずみで、ガネーシャ神が、ふり落とされてしまいました。

そのとき、パンパンにふくらんだガネーシャ神のおなかがわれて、中に入っていたモダクが外にとびでてしまったのです。

あわてたガネーシャ神は、大急ぎで、モダクをもとどおりにおなかの中につめこみ、そのおなかをへびでしばりました。

そのときです。空から、大きな笑い声が、聞こえてきました。

「アッ、ハッハッ。ああ、おかしいな、おかしいな。おなかがわれて、おかしごろごろ！」

見上げると、月が笑っているではありませんか。

「こら、失礼だぞ。人の失敗を笑うとは。よし、月の光なんか、
だれも見ないようにしてやろう。」
ガネーシャ神が、おこって言いました。
月は、びっくりして、はすの花の中にかくれました。
すると、夜は、明かりのない、真っ暗やみになりました。
さあ、こまった。ほかの神々は、ガネーシャ神にたのみました。
「真っ暗やみでは、なにも見えない。どうか、月をゆるしてやって
くれないか。」
「では、ゆるしてやろう。その代わり、わたしの誕生日の祭りの間
だけは、だれも、月を見てはいけないぞ。」
と、ガネーシャ神はきびしく言いました。

インドではガネーシャ神の誕生日のお祝いは、毎年、八月から九月にかけてせいだいに行われます。

家の中に、ねずみを連れたガネーシャ神の像を、大人も子どももいっしょにかざり、おかしのモダクをおそなえして、たいへんなお祝いをします。町の通りでは、人々が作ったガネーシャ神の像を先頭に、そのあとを、にぎやかに長い行列が続きます。行列が海辺まで来ると、像を海に流し、みんなの幸福をいのります。

でも、ガネーシャ神のお祭りの日には、決して夜の月は、見ないようにしています。

【インド神話について】古い文明を持つインドには神様にまつわるお話がたくさんあり、神々の中には太陽、火、風、雨、かみなりなどの自然現象をもととするものや、動物やえいゆう神にすがたを変えて活やくするものが多い。

鈴木千歳（すずきちとせ）　一九三七年山口県に生まれる。主な翻訳作品にインドの児童書『密猟者を追え』『盲目の目撃者』（共にダッタ作）、『パンチャタントラ物語』（ジャファー再話）などがある。

出典：『お話びっくり箱1年㊤』所収に一部加筆　学研　2000年

お話を読みおわって

日本児童文学者協会元会長
木暮正夫

いかがでしたか？　お話の内容に変化があって、ずっしりと読みごたえもあったでしょう。お話を通して、さまざまなことをきゅうしゅうし、心が一回り大きくなったように思いませんか。それが、物語や詩の働きであり、力なのです。気に入った作品は、何度でも読んで、みなさんのたから物にしてください。

『ライオンと子犬』……サーカスのライオンと、そのえさとしてあたえられた子犬とが、人間の思わくをこえて親子のようにふれあう、感動の物語です。会場の人々と共に、みなさんもはく手をされたことでしょう。

『きつね物語』……四ひきの子ぎつねの命を守るために、ちえと勇気で野犬たちを向こうに回すきつねの夫婦のお話。その行動と子を思う気持ちは、野生動物であっても、みなさんの両親と変わりないのです。

『知らん顔』（詩）……さりげない言葉で書かれていますが、読んだあとに心がほわっと温かくなって、思わずほほえみがうかんできます。このおじぞうさまの茶目っ気とおとぼけぶりが、なんともゆかいではありませんか。

『母に背おわれるドクグモの子たち』……〝虫の詩人〟とよばれたファーブルならではの観察記。ドクグモの風変わりな子育てを、ここまでよく細やかに観察できたものですね。『昆虫記』もぜひ読んでみてください。

『クリスマス・キャロル』……スクルージといえば、けちでわがままな男の代名詞にもなっています。そのかれが三人のせいれいによって人間性に目覚めるまでをえがいた名作で、今も世界じゅうで読みつがれています。

『おれはオオカミだ』……このうえなくこっけいな童話。一度も笑わないで読みとおすなんて、まずむりでしょう。きまじめなお話だけが童話ではありません。それにしても、読むほどにおなかがよじれる現代のけっさく童話です。

『**朝焼けの富士**』……山田さんは、わが子とつまを空襲でなくしましたが、病気で学校へ来られない少女に、学校を案内してあげました。富士山にはげまされてきた山田さんの心の内が、みごとにえがきだされています。

『**日本のお化け話**』……四話構成で、各地の山や海のお化けがそれぞれに登場します。お話としておもしろいことはもちろんですが、わたしたちの祖先がどんなに自然をおそれ、うやまっていたかも読みとってください。

『**六さんと九官鳥**』……詩人として名高い作者が書いた民話風の童話です。ろくでなしの六さんが死ぬまぎわに解放した九官鳥は、得意なおしゃべりで大手がら。「よくやったね！」とほめてやりたくなりました。

『わたしはたねをにぎっていた』（詩）……なんの種か、いつからにぎっていたのかもわからない……ずいぶん不思議な詩ですが、種を〝ゆめや希望〟などという言葉に置きかえてみると、作者の伝えたいことが、すっと心に入ってきませんか。

『悲しみの母子星』……ギリシャ神話。大熊座と小熊座のいわれが、わかりやすく書かれています。それにしても、ギリシャの神々のなんと人間らしいことでしょう。ほかの星座のお話もたくさんあるので読んでください。

『ガネーシャ物語』……インドのヒンズー教の神様「ガネーシャ神」のすがたと人気のひみつをといていて、興味がつきません。からだの半分が人で半分がぞうのこの神様の力に、わたしもあやかりたいものだと思いました。

選者　木暮正夫（こぐれ　まさお）　日本児童文学者協会元会長
1939年群馬県生まれ。代表作『また七ぎつね自転車にのる』『街かどの夏休み』『二ちょうめのおばけやしき』『かっぱ大さわぎ』など多数。絵本やノンフィクションも手がけた。2007年没。

岡　信子（おか　のぶこ）　日本児童文芸家協会元理事長
1937年岐阜県生まれ。20代より童話創作を始める。代表作『花・ねこ・子犬・しゃぼん玉』（児童文芸家協会賞受賞）『はなのみち』（光村図書・一年国語教科書に掲載）など多数。

表紙絵　スタジオポノック／米林宏昌　©STUDIO PONOC

装丁・デザイン　株式会社マーグラ

協力　藤田のぼる　入澤宣幸　勝家順子　グループ・コロンブス（お話のとびら）　とりごえこうじ（お話のとびら）

よみとく10分

10分で読めるお話　4年生

2005年3月13日　第1刷発行
2019年11月19日　増補改訂版第1刷発行
2021年6月7日　増補改訂版第2刷発行

発行人　小方桂子
編集人　工藤香代子
企画編集　矢部絵莉香　井上茜　西田恭子
発行所　株式会社 学研プラス
〒141-8415　東京都品川区西五反田2-11-8
印刷所　株式会社廣済堂

【編集部より】
※本書は、『10分で読めるお話四年生』（2005年刊）を増補改訂したものです。
※表記については、出典をもとに読者対象学年に応じて一部変更しています。
※作品の一部に現代において不適切と思われる語句や表現などがありますが、執筆当時の時代背景を考慮し、原文尊重の立場から原則として発表当時のままとしました。

【この本に関する各種お問い合わせ先】
- 本の内容については下記サイトのお問い合わせフォームよりお願いいたします。
https://gakken-plus.co.jp/contact/
- 在庫については　Tel 03-6431-1197（販売部直通）
- 不良品（落丁、乱丁）については　Tel 0570-000577（学研業務センター）
〒354-0045 埼玉県入間郡三芳町上富279-1
- 上記以外のお問い合わせは　Tel 0570-056-710（学研グループ総合案内）

悲しみの母子星　169ページ　ガネーシャ物語　179ページ

ここからは、本の後ろから読んでね。

知ってる？　世界の神話

神話とは、神様が出てくるお話のこと。ギリシャ神話や、インド神話以外にも、世界の各地に、さまざまな神話があるよ。

北欧の神話

ドワーフやエルフ、トロールは、よくファンタジーに登場しますが、もとは北欧の神話に出てくる種族でした。『白雪姫』や『ピーター・パン』、『ホビットの冒険』など、多くの物語にえいきょうをあたえたといわれています。

アボリジニの神話

オーストラリア大陸の先住民である、アボリジニの神話では、神はせいれいや動物となってあらわれるとされています。上の絵は、雨をふらせるウォンジナというせいれいのすがたです。

日本の神話

まだ日本という国ができる前のことなどについてのお話です。日本で最も古い歴史の本、『古事記』や『日本書紀』には、太陽の女神の誕生物語や、伝説の大蛇ヤマタノオロチを退治する話などがあります。

九官鳥ならべかえクイズ

六さんがした最後のよい行いが、思わぬ結果につながったね。
お話の順に下の絵をならべかえよう。（答えはページの下にあるよ）

ア 仲間と、かけ事に明けくれる。

イ 九官鳥を、まどからにがす。

ウ 九官鳥を、いなか者から買う。

エ 納屋から、かもがにげていく。

オ 旅人たちが、九官鳥に話しかける。

カ 朝からばんまで、働く。

答え ウ→オ→ア→カ→イ→エ

ちょっとかわった日本のお化け

「さとり」のように、ゆかいなお化けが日本にはたくさんいるよ。ほかにはどんなお化けがいるかな。

あずきあらい

川でショキショキと歌いながら、あずきをあらうというお化け。「あずきとぎ」ともよばれ、イタチやキツネが正体ともいわれます。

あかなめ

ふろにたまった、あかをなめとるというお化け。ふろ場をいつもきれいにしておかないと出てくるといわれます。

海ぼうず

夜の海にとつぜんあらわれ、船をおそうというお化け。体長が数十メートルという巨大なものもいるといわれます。

昔の人が感じていた、
自然や暗やみへのおそれが、
お化けを生みだした
ともいわれているよ。

クリスマス・キャロル 69ページ

もしも、せいれいに出会ったら？

「クリスマス・キャロル」には、「過去」「現在」「未来」を見せてくれる３人のせいれいが登場したね。あなたがせいれいに会ったら、どんな光景を見るだろう。考えてみよう。

「過去」を見せる 第1のせいれい

- これまであなたは、なにをしてきた？
- 友だちにはどんなふうにせっしてきた？

「現在」を見せる 第2のせいれい

- みんなには、あなたが
  どんなふうに見えているかな。
  明るい人？　やさしい人？

「未来」を見せる 第3のせいれい

- しょうらいは、どんな人になるだろう？
- しょうらいは、どんな人になりたいかな。

小さいころ、今、
しょうらいの自分に
ついて考えると、
自分をもっとよく知ることに
つながるね。

ドクグモ ○×クイズ

ドクグモの子育てはおどろきの連続だったね。
次の4つの説明に、○か×かで答えよう。（答えはページの下にあるよ）

Q1 子グモは、自分の親以外の背中には乗ろうとしない。

Q2 ドクグモは、共食いをすることがある。

Q3 子グモは、母親の背中にいる２年間、食事をしない。

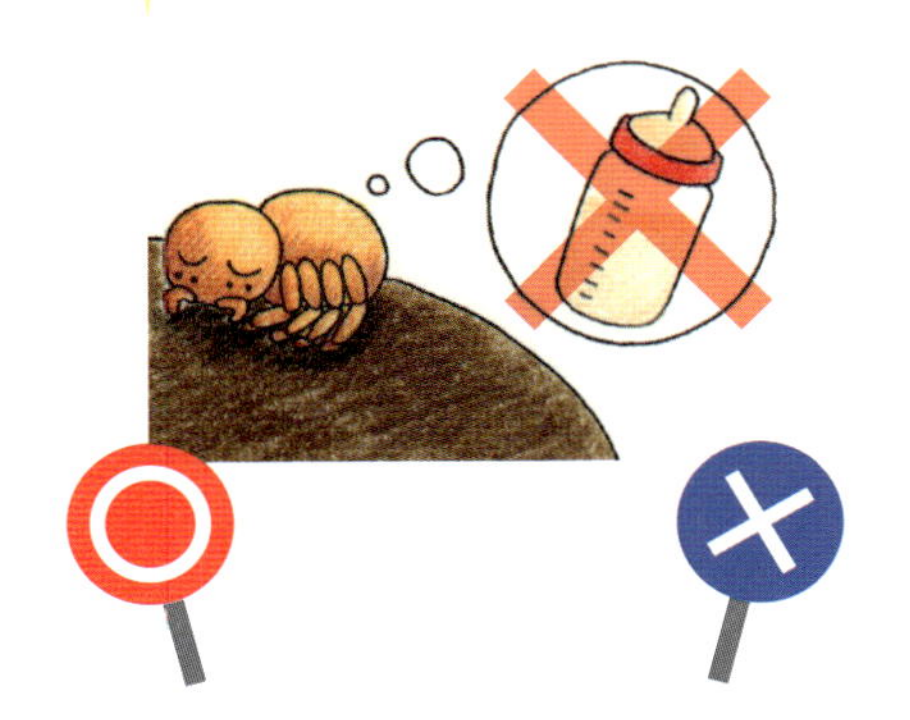

Q4 子グモは、太陽の光から、活動のエネルギーを得る。

答え　Q1. ×　Q2. ○　Q3. ×　Q4. ○

きつね物語　21ページ

椋鳩十の作品をもっと読もう

椋鳩十は、「きつね物語」のように、自然のすばらしさ、動物たちの愛情をえがいた作品をたくさん残している。ほかにも、こんな名作があるよ。

片耳の大シカ

かしこくて強い、片耳の大シカがいました。りょうしたちはこのシカを仕とめたいのですが、いつも失敗ばかり。あるあらしの日、りょうしたちと少年は、にげこんだどうくつで、「片耳」のひきいるシカの群れとばったり出会い……。

大造じいさんとガン

「残雪」は頭が良く、ほこり高いガンのリーダーです。何度もとらえようとして失敗した大造じいさんの目の前に、仲間をハヤブサからすくおうとしてけがをした残雪が。残雪を仕とめる最大のチャンス！　さあ、大造じいさんはどうするのでしょう。

月の輪グマ

親からはなれてしまった子グマを見つけた主人公たちは、子グマを生けどりにしようとします。ところが、そのようすに気づいた母グマが、立ちあがり、たきの上からかれらをにらみつけ……。子を思う母グマの愛情が心にひびくお話です。

読書ノートを書いてみよう！

同じ作品でも、時間をおいて読みかえすと、新たな発見や感動があるかもしれないね。今の感想を記録しておこう。

書き方の例

題名　ライオンと子犬　作者　山本有三

読んだ日　20XX 年●月▲日

感想

かわいそうな話ではなくてよかった。

ライオンのおりになげこまれた子犬がどう

なってしまうのか、ぼくは、サーカスを見にき

たお客さんのひとりになったような気持ち

本の世界にひきこまれた。

ライオンは、生きたえものをころして食べる

もうじゅうだけど、それはおなかがすいている

からで、楽しむためにころすわけじゃない。そ

んな期待する人間たちのほうが、よ

た。

もうじゅう使いが、最後はどう

いてみたい。

おすすめ度 ★★★★★

ポイント1
読んだ本のじょうほうを書きましょう。好きなお話があったら、同じ作者が書いたほかのお話もさがしてみましょう。

ポイント2
おもしろかったところや、自分ならどうするかなど、自由に書きましょう。

ポイント3
このお話のおすすめ度を星の数で、表してみましょう。気に入ったお話は、ほかの人にしょうかいしてみましょう。

使うノートはどんなものでもいいよ。自分の好きなノートだと書くときの気分もちがうよ。

お話のとびら
いろいろなお話があったね。
読んだお話をふりかえってみよう！
あなたは
どのお話が
好き？
絵・堀江篤史